韓語 12小時

실전공략

實戰攻略

推薦序

推薦序（一）

韓風興起，成為我們生活上不可缺少的娛樂；不同的媒體都出現韓星蹤影，同樣開展了我和芝齡的合作。

製作《東張西望》時，由於需要一位主持精通韓語，宋芝齡便在芸芸藝員中脫穎而出，成為不二之選。她的優秀，在於對受訪者有充分瞭解，甚至能找出鮮為人知的事。所以面對頂級韓星如「大長今」李英愛、池珍熙、宋慧喬和 Rain 等等，以至出訪大、小韓國電影展，不論是專訪或者是圍訪，她都能應付自如。

除了語言上的優勢，她對韓國文化更是瞭如指掌。在《都市閒情》節目中，主持一系列以韓流為主題的節目，如〈芝多點韓風〉等，為觀眾在電視劇以外，帶來更地道及深入的生活資訊及文化。

我認識的芝齡為人樂觀、勤奮，主持節目之餘，同時開辦韓文學校、小食店等；今次更涉足作家行列，將她學習韓語的心得和技巧輯錄成書，實在對有意學習韓語人士的一大喜訊。

芝齡在書中加入了 AR 新科技，讓學生可以聆聽發音，短時間掌握韓語。配合不斷的練習，相信假以時日，定必可以像芝齡一樣，掌握流利韓語，流暢溝通。

電視台監製
趙麗平

推薦序（二）

眾所周知，芝齡是一名實力與顏值兼備的女演員和名主播，美麗大方、談吐幽默，將女士們的美麗與睿智、機敏與體貼表現得淋漓盡致；不過我所認識的芝齡，她的美絕對遠不只於此。

生活中的她也精通韓語，善於學習，勤奮創業，獨立自主，又開辦韓語培訓學校、婚紗攝影和小食店，絕對可以堪稱是香港版的「大長今」，真是讓人刮目相看。

所以你閱讀的不只是一本韓語工具書，更是芝齡不私藏的智慧；以生活實用的角度，讓你極速掌握韓語，甚至可以跟她一樣用韓語侃侃而談。所以這本著作她是真的花了功夫與心力，值得一讀。

香港金融投資控股集團有限公司
執行董事
藍國倫

自序

十年前的你，有沒有想過今天會是怎樣？

這世上，除了睇相算命、占卜，就只能「佛系」等運到。命運根本沒有標準答案，人生的底牌永遠取決於當天的選擇！感性吧？

回想起 2003 年，正正是沙士剛爆發的那一年，也是自己遇上人生的第一次低潮期。留學，永遠是最好的逃避天堂。加拿大還是韓國？二選一的抉擇，心想：自己做什麼都是半桶水，本身有韓語底子，為何不把它徹底做好？

趁這團火燃燒之際，向四方八面的好友收集意見，有九成以上的親朋都問我：「點解呀？點解？點解唔去加拿大而係韓國啫？邊有人學韓文㗎？去日本都好過韓國啦！」唉！那時候，心裡酸溜溜的，又感到十分迷惘，真不好受。不過我又再細想：既然都決定了，還猶豫什麼？

當我留學回港後，從一連串意想不到的機遇、收穫，直至今天「勝利韓語學校」的成立，轉眼間已經邁向第 11 個年頭。在勝利韓語學校裡，我接觸過無數的學生，很多時他們都會猶豫不決：要不要堅持讀下去？他們明明很想學好韓語，又基於各種理由，主意不定。

要記著:「語言」永遠是打破人與人之間隔膜的最好橋樑,無論是韓語,抑或是其他外語。

我從留學開始,到今天開辦學校、教授韓語,一步一腳印走過來,絕對瞭解同學們學習語言時所遇到的困難及需要。這本《韓語 12 小時實戰攻略》,正正是為韓語入門者度身設計的自學課程,配以嶄新 AR 科技,打破了一貫傳統又沉悶的自學模式和難題;用互動的方式,貫通了你與我!

當你翻看這本書時,請不要還為「要不要學習韓語」猶豫不決;因為這張人生底牌,就是取決於你今天的選擇!

目錄

AR 使用說明

「AR」全名「Augmented Reality」，是投影、攝影的科技結合，只需一部智能手機，用鏡頭直接掃描實體書面的指定範圍上，虛擬畫面立即呈現眼前。抹走舊有的認字筆、CD、QR Code 等累贅輔助教學，跳出沉悶的平面學習框框，踏進嶄新科技的多角度體驗。

《韓語 12 小時實戰攻略》是香港首本採用互動性 AR 輔助教學的韓語教學書籍，只需要下載「勝利韓語 APP」，在 APP 上直接掃描印有「AR」標誌的書本版面，生鬼得意的韓國卡通導師立即躍現眼前；還可以因應個人喜好選擇男或女導師聲音教學，透過智能手機聽讀正統韓語發音之餘，又能提升學習趣味性。

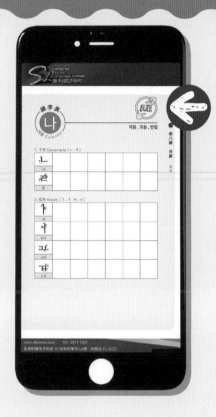

凡有這個標誌，都可以使用
「勝利韓語 APP」掃描全頁
版面喔！

只要書本、手機在手，隨時隨地
都可以循環複讀韓語，無阻好學
的你極速掌握韓語要領！

「勝利韓語 APP」下載位置

For iPhone（iOS）　　　For Android

如對 APP 有疑問，
請聯絡勝利韓語學校查詢。
Whatsapp: 9521 4456
Tel: 2577 7327
E-mail: info@slkorean.com

韓文 40 音

韓語有 40 個基本語音。其中，母音共有 21 個，又分基本母音 10 個及複合母音 11 個；子音共有 19 個，又分基本子音 14 個及複合子音 5 個。另有尾音／收結音共 27 個（常見有 16 個），但最終發音只有 7 個為代表。

基本母音（모음）

ㅏ	ㅓ	ㅗ	ㅜ	ㅡ
[a]	[eo]	[o]	[u]	[eu]
ㅑ	ㅕ	ㅛ	ㅠ	ㅣ
[ya]	[yeo]	[yo]	[yu]	[i]

複合母音（이중모음）

ㅐ	ㅔ	ㅚ	ㅘ	ㅙ
[ae]	[e]	[oe]	[wa]	[wae]
ㅒ	ㅖ	ㅟ	ㅝ	ㅞ
[yae]	[ye]	[wi]	[wo]	[we]
ㅢ				
[ui]				

基本子音（자음）

同一個子音，放在組合的先（初聲）或後（尾音）都可能有不同發音：

初聲—**사 랑**—尾音

[sa.rang]

ㄱ	ㄴ	ㄷ	ㄹ
[g/k]	[n/n]	[d/t]	[r/l]
ㅁ	ㅂ	ㅅ	ㅇ
[m/m]	[b/p]	[s/t]	[no sound/ ng]
ㅈ	ㅊ	ㅋ	ㅌ
[j/t]	[ch/t]	[k/k]	[t/t]
ㅍ	ㅎ		
[p/p]	[h/t]		

複合子音（이중자음）

ㄲ	ㄸ	ㅃ	ㅆ	ㅉ
[gg]	[dd]	[bb]	[ss]	[jj]

尾音 (받침)

尾音即是「子音收結」，常見有 16 個，但最終發音只有 7 個。

常見尾音字型	最終發音	例子		
ㄱ , ㄲ , ㅋ	ㄱ [-k]	美國 西瓜 外面 廚房	미국 수박 밖 부엌	[mi.guk] [su.bak] [bakk] [bu.eok]
ㄴ	ㄴ [-n]	眼睛 山 錢 橙	눈 산 돈 오렌지	[nun] [san] [don] [o.ren.ji]
ㄷ , ㅅ , ㅆ , ㅈ , ㅊ , ㅌ , ㅎ	ㄷ [-t]	衣服 梳子 白天 下面 花	옷 빗 낮 밑 꽃	[ot] [bit] [nat] [mit] [ggot]
ㄹ	ㄹ [-l]	草莓 腳 首爾 米	딸기 발 서울 쌀	[ddal.gi] [bal] [seo.ul] [ssal]
ㅁ	ㅁ [-m]	泡菜 媽媽 人 人參	김치 엄마 사람 인삼	[gim.chi] [eom.ma] [sa.ram] [in.sam]
ㅂ , ㅍ	ㅂ [-p]	錢包 家 口 森林	지갑 집 입 숲	[ji.gap] [jip] [ip] [sup]
ㅇ	ㅇ [-ng]	江河 房間 愛 市場	강 방 사랑 시장	[gang] [bang] [sa.rang] [si.jang]

韓文結構

韓文的結構很簡單,基本由母音和子音的不同組合而成,組合出來的字稱為「音節」,排列方式可以分為:左右、上下、上中下、左右上下。母音及子音本身並無任何意義,必須組合起來成為一個或多個音節後才能構成有意義的單詞。

❶左右排列

子音	母音

ㄱ + ㅏ = 가

❷上下排列

子音
母音

ㄱ + ㅜ = 구

❸上中下排列

子音
母音
尾音

ㅇ + ㅗ + ㅅ = 옷

❹左右上下排列

子	母
尾音	

ㅈ + ㅣ + ㅂ = 집

① 子音 ＋ 基本母音

中文	韓文	拼音方法
香蕉	**바나나**	b+a / n+a / n+a
父親	**아버지**	[no sound]+a / b+eo / j+i
母親	**어머니**	[no sound]+eo / m+eo / n+i
女人	**여자**	[no sound]+yeo / j+a
青瓜	**오이**	[no sound]+o / [no sound]+i
牛奶	**우유**	[no sound]+u / [no sound]+yu
果汁	**주스**	j+u / s+eu
咖啡	**커피**	k+eo / p+i
薄餅	**피자**	p+i / j+a
大象	**코끼리**	k+o / gg+i / r+i
葡萄	**포도**	p+o / d+o
番茄	**토마토**	t+o / m+a / t+o

② 子音 ＋ 複合母音

中文	韓文	拼音方法
狗	개	g+ae
是	네 / 예	n+e / [no sound]+ye
告訴	얘기	[no sound]+yae / g+i
椅子	의자	[no sound]+ui / j+a
豬肉	돼지고기	d+wae / j+i / g+o / g+i
輪子	바퀴	b+a / k+wi
為什麼	왜	[no sound]+wae
什麼	뭐	m+wo
毛衣	스웨터	s+eu / [no sound]+we / teo
公司	회사	h+oe / s+a
耳朵	귀	g+wi
蘋果	사과	s+a / g+wa

③ 子音 + 母音 + 子音（尾音）

中文	韓文	拼音方法
書桌	책상	ch+ae+k / s+a+ng
廚房	부엌	b+u / [no sound]+eo+k
時間	시간	s+i / g+a+n
衣服	옷	[no sound]+o+t
紫菜卷飯	김밥	g+i+m / b+a+p
玫瑰	장미꽃	j+a+ng / m+i / gg+o+t
running man	런닝맨	r+eo+n / ning / maen
韓國話	한국말	h+a+n / g+u+k / m+a+l
膝蓋	무릎	m+u / r+eu+p
KTV	노래방	n+o / r+ae / b+a+ng
雜誌	잡지	j+a+p / j+i
電腦	컴퓨터	k+eo+m / p+yu / t+eo

第 一 課

打 招 呼
인 사
[in.sa]

【實用語句】

- 你 好
- 再 見
- 謝 謝
- 對 不 起

【課後練習】

- 連線配對
- 填 充
- 對 話

【練字表】
가

打招呼 **1**

你好

AR

正式的說法：

你好嗎？
안녕하십니까？
[an.nyeong.ha.sip.ni.kka]

韓語中最平凡的打招呼法，主要用在比較正式的場合，例如：公司、長輩、陌生人等等。

禮貌的說法：

你最近怎麼樣？
안녕하세요？
[an.nyeong.ha.se.yo]

用在比較輕鬆的場合，也可以用來回應對方「안녕하십니까」的問候。

輕鬆的說法：

你好。
안녕．
[an.nyeong]

對方是朋友或是後輩（比自己年輕）時使用，但不能用於陌生人。

小知識 ① 鞠躬

鞠躬 인사〔in.sa〕

韓國人在首次見面時,一般都會鞠躬示禮。男性通常會同時行禮及握手;而女性則通常只鞠躬,不會握手。另外,韓國人很重視長幼有序,握手也需要由長輩來做主動方。

小知識 ② 「性急」的韓國 WiFi

韓國是世界上網路速度最快的國家。在韓國某一調查中,韓國國內的平均網速達到了 28.6Mbps(全球平均網速是 7.2Mbps,美國矽谷的平均網速是 18.7Mbps)。這也充分反映出韓國人的「性急」特性,PSY 的《江南 style》歌詞中就有提到:「一口喝光熱咖啡的女人」。

再見

正式的說法：

안녕히 가십시오 .
[an.nyeong.hi/ ga.sip.si.o]

안녕히 계십시오 .
[an.nyeong.hi/ gye.sip.si.o]

與問候語「안녕하십니까」相反，在比較正式的場合離開時，對長輩、前輩、陌生人等使用。

안녕히 가십시오（走） VS 안녕히 계십시오（在）

基本上，「안녕히 가십시오」和「안녕히 계십시오」的意思是相同的，但直譯成中文是「安寧地走」和「安寧地在」，在表達上會因說話者而有區別。假設兩個人分開，一個留在原地，另一個離開；離開的人會向留在原地的人說「안녕히 계십시오」，而留下來的人則會說「안녕히 가십시오」。但如果大家同時分別，雙方都是「離開」的立場，則大家都說「안녕히 가십시오」（安寧地走）即可。

禮貌的說法：

안녕히 가세요 .
[an.nyeong.hi/ ga.se.yo]

안녕히 계세요 .
[an.nyeong.hi/ gye.se.yo]

相對「안녕히 가십시오」或「안녕히 계십시오」，給人稍為親切近人的感覺。

輕鬆的說法：

안녕 , 잘 가 !
[an.nyeong/ jal/ ga]

잘 있어 !
[jal.iss.eo]

為非敬語，只能用於親人或朋友之間。

小知識
自我介紹

自我介紹　자기소개　[ja.gi.so.gae]
在韓國，自我介紹時會先說姓氏再說名字，如「강다니엘」（Kang Daniel），與西方國家或日本不同；先說名字再說姓氏是不禮貌的說法，如「다니엘 강」（Daniel Kang），請務必戒之。

謝謝

thank you

正式的說法：

감사합니다 .
[gam.sa.hap.ni.da]

最基本的感謝說法。一般韓國人認為「감사합니다」比「고맙습니다」更正式，其實不然，它們只是漢字語和韓國故有語的差別。

고맙습니다 .
[go.map.seup.ni.da]

아닙니다 .
[a.nip.ni.da]

回答「감사합니다」或「고맙습니다」都可用此句。

禮貌的說法：

고마워요 .
[go.ma.wo.yo]

用於比較輕鬆的場合，而且對方是比自己年長的或是職位較高者。

아니에요 .
[a.ni.e.yo]

回答「고마워요」的句子，意思是「不客氣」，直譯是「不是」。

輕鬆的說法：

고마워.
[go.ma.wo]

與「고마워요」相似，但少了「요」字變為非敬語，所以只能用於親人或朋友之間。

아니야.
[a.ni.ya]

回答「고마워」的句子，意思是「不客氣」，也只能用於親人或朋友之間。

小知識❶ 肚臍禮

肚臍禮 배꼽인사〔bae.kkob.in.sa〕

為什麼在韓國鞠躬問候叫做「肚臍禮」呢？因為行禮時必須把雙手交疊在肚臍上，然後 90 度彎腰鞠躬，通常用於表達感激之情。例如，偶像（idol）在舞台上行肚臍禮，向粉絲表示感激和讚賞。

小知識❷ 韓國人的「性急」性格

1. 在咖啡販賣機的紅燈熄滅、咖啡準備好之前，就已伸手去拿取。
2. 硬糖是嚼碎吃的，而不是吮著吃。
3. 吃雪糕是用咬的，而不是舔著吃。
4. 巴士站牌排隊位只供參考用，因為人們都會追上去擠上去。
5. 嫌棄意大利人太冷靜，而且動作太慢。
6. 去觀看棒球賽，觀眾都在第 9 回合已經離開，比賽結果是在回家路上「聽」回來的。
7. 食堂中最多的投訴是「出菜慢！」（所以韓國火鍋店的生意不太好）
8. 對於電影，關心的只有：「結局如何？」
9. 也常常問：「片尾彩蛋是什麼？」

對不起

AR

正式的說法：

> **죄송합니다.**
> [joe.song.hap.ni.da]

最基本的道歉用語，用在較正式場合。

> **괜찮습니다.**
> [gwaen.chan.seup.ni.da]

意思是「沒關係」，和「죄송합니다」對用，正式場合或長輩都一定要用此句。

禮貌的說法：

> **미안해요.**
> [mi.an.he.yo]

和「고마워요」（謝謝）相似，都是用於較輕鬆場合，而且對方是比自己年長的或是職位較高者。

> **괜찮아요.**
> [gwaen.chan.a.yo]

意思是「沒關係」，較輕鬆的用法，而且對方是比自己年長的或是職位較高者。

輕鬆的說法：

미안 .
[mi.an]

괜찮아 .
[gwaen.chan.a]

非敬語，只能用於親人或朋友之間。

小知識❶
跪拜禮

跪拜禮 큰절 [kun jol]

作為一個十分講禮數的國家，「跪拜禮」是韓國最莊重、最恭敬的禮節，最常見於春節歲拜（세배）、婚禮、祭禮、喪禮或是向長輩們行大禮，代表重視和尊重對方表現。

跪拜姿勢也相當講究：須雙手重疊，男左手在上，女右手在上，放於丹田處，直立站好。男子將雙手抬至胸前，女將雙手抬至與眼部同高，眼睛看著腳部。男子跪下，女子跪坐。男子俯身行禮，頭須接觸按在地上的手，女子則只需微俯 45 度。起身後，仍是男左女右雙手重疊放於丹田部位，直立站好。

小知識❷
三合一咖啡

韓國人都非常喜歡喝咖啡，眾所皆知，三合一咖啡也是發明自這個性情急躁的國家。三合一咖啡剛出市起，就連在鄉下的農夫都會喝；發展至今，味道亦不斷改進，才有現今的「韓國三合一」味道。據某個旅行社的調查，有 53% 的外國人選擇韓國三合一咖啡為「最好喝的韓國茶」；去海外旅遊的韓國人，也不會忘記攜帶三合一咖啡。而韓國人喜歡用的「黃金比例」這四個字，也是來自某三合一咖啡的廣告。

課後練習 ❶ 連線配對

請在課文中尋找詞組，並與相應的句子連線配對。

안녕하십니까？　•　　•　괜찮습니다

안녕히 계세요　•　　•　아닙니다

감사합니다　•　　•　아니야

고마워　•　　•　안녕하세요

죄송합니다　•　　•　안녕히 가세요

	對不起 / 深感抱歉 죄송합니다 괜찮습니다 [joe.song.hap.ni.da/ gwaen.chan.seup. ni.da]
謝謝 / 不客氣 고마워 / 아니야 [go.ma.wo/ a.ni.ya]	謝謝 / 不客氣 감사합니다 아닙니다 [gam.sa.hap.ni.da/ a.nip.ni.da]
離去 / 留步 안녕히 계세요 / 안녕히 가세요 [an.nyeong.hi gye.se.yo] [an.nyeong.hi ga.se.yo]	你好嗎 / 你好 안녕하십니까 / 안녕하세요 [an.nyeong.ha.sip.ni.kka] [an.nyeong.ha.se.yo]

答案：

韓語 12 小時實戰攻略

課後練習②填充

請在課文中尋找詞彙，並填寫相應的對應句。

1. 안녕하십니까 ⋯➡ <u>안녕하세요</u>

[an.nyeong.ha.sip.ni.kka] [an.nyeong.ha.se.yo]

2. 안녕히 가십시오 ⋯➡ _____

[an.nyeong.hi/ ga.sip.si.o] [an.nyeong.hi/ gye.sip.si.o]

3. 감사합니다 ⋯➡ _____

[gam.sa.hap.ni.da] [a.nip.ni.da]

4. 고마워 ⋯➡ _____

[go.ma.wo.] [a.ni.ya]

5. 죄송합니다 ⋯➡ _____

[joe.song.hap.ni.da] [gwaen.chan.seup.ni.da]

6. 미안해 ⋯➡ _____

[mi.an.he] [gwaen.chan.a]

6. 미안해요 / 괜찮아 (類似詞／涵蓋義)	5. 죄송합니다 / 괜찮습니다 (類似詞／涵蓋義)
4. 고마워 / 아니야 (類義)	3. 감사합니다 / 아닙니다 (類義)
2. 안녕히 가십시오 / 안녕히 계십시오 (異句)	1. 안녕하십니까 / 안녕하세요 (份義)

答案 :

課後練習 ③ 對話

1. Q：이름이 뭐에요？（你的名字是什麼？）

   [i.reum.i/ mwo.e.yo]

   A：제 이름은 _____예요 .（我的名字是_____。）

   [je/ i.reum.eun_____ye.yo]

2. Q：안녕하세요 ,_____씨 .（你好，_____氏。）

   [an.neyong.ha.se.yo/_____si]

   A：안녕하세요 .（你好。）

   [an.neyong.ha.se.yo]

3. Q：저는_____사람입니다 .（我是_____人。）

   [jeo.nen. _____sa.ram.yip.ni.da]

   A：저도_____사람입니다 .（我也是_____人。）

   [jeo.do/ _____sa.ram.yip.ni.da]

4. Q：_____씨 , 고마워요 .（_____先生，謝謝你。）

   [_____si/ go.ma.wo.yo]

   A：아니에요 .（不客氣。）

   [a.ni.ye.yo]

重點生字

도（也）	씨（氏）
[do]	[ssi]
홍콩（香港）	한국（韓國）
[hong.kong]	[han.guk]
중국（中國）	
[jung.guk]	

練字表

가

打招呼 Greetings

자음 , 모음 , 받침

1. 子音 Consonants (ㄱ , ㄲ , ㅋ)

ㄱ [g]					
ㄲ [gg]					
ㅋ [k]					

2. 母音 Vowels (ㅗ , ㅏ , ㅘ)

ㅗ [o]					
ㅏ [a]					
ㅘ [wa]					

3. 子音 Consonants（ㄱ, ㄲ, ㅋ）+ 母音 Vowels（ㅗ, ㅏ, ㅘ）

고 [go]		꼬 [ggo]		코 [ko]	
가 [ga]		까 [gga]		카 [ka]	
과 [gwa]		꽈 [ggwa]		콰 [kwa]	

4. 尾音 Final Consonants ㄱ（ㄱ, ㄲ, ㅋ）

ㄱ [-k]					
ㄲ [-k]					
ㅋ [-k]					

5. 子音 Consonants（ㄱ, ㄲ, ㅋ）+ 母音 Vowels（ㅗ, ㅏ, ㅘ）+ 尾音 Final Consonants（ㄱ）

곡 [gok]		꼭 [ggok]		콕 [kok]	
각 [gak]		깍 [ggak]		칵 [kak]	
곽 [gwak]		꽉 [ggwak]		콱 [kwak]	

第二課

數字
숫자

[sut.ja]

【實用語句】

- 電話號碼
- 貨幣
- 數字表

【課後練習】

- 連線配對
- 填充
- 對話

【練字表】

더

電話號碼

Q 電話號碼是什麼？

전화번호 뭐예요?

[jeon.hwa.beon.ho/ mwo.ye.yo]

A 我的電話是 010-9569-3945。

제 전화번호는 010-9569-3945예요 .

[je/ jeon.hwa.beon.ho.neun/ gong.il.gong.gu.o.yuk.

gu.san.gu.sa.o.ye.yo]

語法分析

전화번호 뭐예요 ?	제 전화 번호 는 010-9569-3945 예요 .
뭐 [mwo] 「뭐」等同中文的「什麼」。 **예요 ?** [ye.yo] 「예요」如同「입니다」，有中文「是」的意思。	**제** [je] 是「저의」[jeo.ui] 的簡語，意思是「我的」，屬於敬語；而非敬語是「나의」[na.ui]。 **는** [neun] 放在名詞後，連同名詞當作主詞用。 **예요** [ye.yo] 放在名詞後方，當作英文中的動詞「is, are, am」使用。

小知識　韓國電話號碼

韓國手機號碼以「01X-XXXX-XXXX」開頭的，座機號碼大部分是「02~06」開頭；另外「07」開頭的則是網路電話，而多數詐騙或廣告電話都是「07」開頭。「15」開頭的一般是接聽者付費電話，所以大部分炸雞、薄餅、炸醬麵等外賣店電話都以「15」開頭，中間習慣用標記「-」來分隔號碼，如「1577-1591」。

數字②

貨幣

AR

Q 多少錢？

얼마예요？

[eol.ma.e.yo]

A 5 萬圜[1]。

오만 원이에요 .

[o.man/ won.yi.e.yo]

替換詞彙①：

10 圜	십원	[sip.won]
50 圜	오십원	[o.sip.won]
100 圜	백원	[baek.won]
500 圜	오백원	[o.baek.won]
1 千圜	천원	[cheon.won]

韓語 12 小時實戰攻略

| 5 千圜 | 오천원 | [o.cheon.won] |
| 1 萬圜 | 만원 | [man.won] |

小知識 韓圜（원）

圜（won）是韓國的貨幣單位，而最大的貨幣金額為 5 萬圜鈔票，鈔票上印有朝鮮時代著名的藝術家申師任堂。

申師任堂對蟲、葡萄、花竹等畫題描繪得非常詳細，有一次她家裡公雞都跑來啄食其畫中的蟲而成了一個佳話。另外，她也是朝鮮賢妻良母的佼佼者，其子是朝鮮代表性學者李珥，李珥的肖像畫也登上 5 千圜鈔票上；母子同為韓圜正面肖像畫在韓國歷史上還是首次。

數字表

AR

1	2	3	4	5
일	이	삼	사	오
[il]	[i]	[sam]	[sa]	[o]
6	7	8	9	10
육	칠	팔	구	십
[yuk]	[chil]	[pal]	[gu]	[sip]
11	12	13	14	15
십일	십이	십삼	십사	십오
[sip.il]	[sip.i]	[sip.sam]	[sip.sa]	[sip.o]
16	17	18	19	20
십육	십칠	십팔	십구	이십
[sip.yuk]	[sip.chil]	[sip.pal]	[sip.gu]	[yi.sip]
30	40	50	60	70
삼십	사십	오십	육십	칠십
[sam.sip]	[sa.sip]	[o.sip]	[yuk.sip]	[chil.sip]
80	90	100	200	300
팔십	구십	백	이백	삼백
[pal.sip]	[gu.sip]	[baek]	[yi.baek]	[sam.baek]
1,000	10,000	100,000	1,000,000	10,000,000
천	만	십만	백만	천만
[cheon]	[man]	[sim.man]	[baak.man]	[cheon.man]

課後練習

課後練習 ❶ 連線配對

請在課文中尋找詞組，並與相應的句子連線配對。

얼마   •   •   뭐에요？

전화번호가   •   •   예요．

전화번호는   •   •   010-2716-3034예요．

이만원   •   •   얼마예요？

모자   •   •   이에요．

		[mo.ja/ eol.ma.e.yo] 모자 얼마에요？ 帽子多少錢？
	[i.man.won/ i.e.yo] 이만원 이에요 2萬圓	[jeon.hwa.beon.ho.neun/ gong.il.gong.i.chil.il.yuk.sam.gong.sam.sa.ye.yo] 전화번호는 010-2716-3034예요 電話號碼是 010-2716-3034
	[jeon.hwa.beon.ho.ga/ mwo.ye.yo] 전화번호가 뭐에요？ 電話號碼是多少？	[eol.ma/ e.yo] 얼마 에요？ 多少錢？

答案：

請在課文中尋找詞彙，並填寫相應的字詞或數字。

1. 삼　　　　　···▸　　<u>3</u>
[sam]

2. 구십　　　···▸　　_____
[gu.sip]

3. 오십육　　···▸　　_____
[o.sip.yuk]

4. 삼백오십일　···▸　　_____
[sam.baek.o.sip.il]

5. 8　　　　　···▸　　_____
[pal]

6. 19　　　　···▸　　_____
[sip.gu]

7. 562　　　···▸　　_____
[o.baek.yuk.sip.i]

	7. 오백육십이
6. 십구	5. 팔
4. 351	3. 65
2. 90	1. 3

答案：

課後練習 ❸ 對話

請在課文中尋找相似例句，並填上正確答案：

1. Q：이 모자＿＿＿＿＿＿＿？（這頂帽子多少錢？）

　　[i/ mo.ja/ eul.ma.e.yo]

　 A：＿＿＿＿＿＿＿＿이에요 .（這是 2 萬 5 千圜。）

　　[i.man.o.cheon.won/ i.e.yo]

2. Q：이 가방은 ＿＿＿＿＿＿＿에요？（手袋多少錢？）

　　[i/ ga.bang.eun/ eul.ma.e.yo]

　 A：＿＿＿＿＿＿＿이에요 .（5 萬圜。）

　　[o.man.won.i.e.yo]

　 Q：깍아 주세요 .（便宜點吧。）

　　[ggak.a/ ju.se.yo]

　 A：＿＿＿＿＿＿＿주세요 .（給 4 萬吧。）

　　[sa.man.won.ju.se.yo]

3. Q：방은 몇 호예요？（房間號是多少？）

　　[bang.eun/ myeojj/ ho.ye.yo]

　 A：＿＿＿＿＿＿＿예요 .（是 305 號。）

　　[sam.gong.o.ho/ ye.yo]

手套：가방 [ga.bang]（手袋）；주세요 [ju.se.yo]（給）；방 [bang]（房間）		
삼공오호 (305 號) [sam.gong.o.ho]	사만원 (4 萬圜) [sa.man.won]
얼마 (多少) [eul.ma]	오만 원 (5 萬圜) [o.man. won]
얼마예요 (多少錢) [eol.ma.ye.yo]	이만 오천 원 (2 萬 5 千圜) [i.man/ o.cheon/ won]

答案：

韓語12小時實戰攻略

40

자음 , 모음 , 받침

1. 子音 Consonants（ㄷ , ㄸ , ㅌ）

ㄷ [d]					
ㄸ [dd]					
ㅌ [t]					

2. 母音 Vowels（ㅜ , ㅓ , ㅝ）

ㅜ [u]					
ㅓ [eo]					
ㅝ [wo]					

3. 子音 Consonants（ㄷ, ㄸ, ㅌ）+ 母音 Vowels（ㅜ, ㅓ, ㅝ）

두			뚜			투		
[du]			[ddu]			[tu]		
더			떠			터		
[du]			[ddu]			[tu]		
둬			뚸			퉈		
[dwo]			[ddwo]			[two]		

4. 尾音 Final Consonants ㄷ, ㅌ（ㅅ, ㅆ, ㅈ, ㅊ, ㅎ）

ㄷ								
[-t]								
ㅌ								
[-t]								

5. 子音 Consonants（ㄷ, ㄸ, ㅌ）+ 母音 Vowels（ㅜ, ㅓ, ㅝ）+ 尾音 Final Consonants（ㄷ, ㅌ）

둗			뚣			툳		
[dut]			[ddut]			[tut]		
덛			떧			턷		
[deot]			[ddeot]			[teot]		
둳			뚣			퉏		
[dwot]			[ddwot]			[twot]		

第三課

名 勝 地
명 소

[m y e o n g . s o]

【實用語句】

- 江南

- 三成洞

- 蠶室

- 弘大

【課後練習】

- 連線配對

- 填充

- 對話

名勝地❶

江南

AR

Q 江南①怎麼去？

강남에 어떻게 가요？
[gang.nam.e/ eo.tteot.ge/ ga.yo]

A 坐地鐵。

지하철을 타요 .
[ji.ha.cheol.eul/ ta.yo]

替換詞彙①：

江南	강남	[gang.nam]
狎鷗亭	압구정	[ap.gu.jeong]
新沙洞	신사동	[sin.sa.dong]
清潭洞	청담동	[cheong.dam.dong]

江南區位於首爾東南部，道路網發達。機場航站樓、COEX 和 ASEM Tower 位於德黑蘭路，是金融貿易中心；狎鷗亭、清潭洞一帶結集時裝、藝術、影像和動漫；三成洞、論峴洞一帶集中了畫廊、陶藝與傢具行業；這些地區正均衡發展成各具特色的區域。此外，江南區亦是高級住宅、大型百貨商店和文化設施的綜合地，為居民提供生活便利的環境。

語法分析：

강남에 어떻게 가요？

지하철을 타요．

에 [e]

作為附在名詞後方的助詞（Chinese particles），例如：한국에（在韓國）、홍콩에（在香港）、집에（在家）。

相當於英文中放在場所（名詞）前的「to」，主要與가다（去）、오다（來）、있다（有）、없다（沒有）、많다（多）、적다（少）、살다（住）等一同使用。

어떻게 [eo.tteot.ge]

放在動詞或形容詞前的復詞（Adverb），相當於英文的「How」，例如：

어떻게 먹어요？（怎麼吃？）

어떻게 살아요？（怎麼住？）

가요 [ga.yo]

動詞「가다」（去）的「아/어/해요」形態，相當於英文的「go」；反義詞則是「오다」（來）。

을 [eul]

放在名詞後方，令名詞成為目的語，例如：학생을（把學生…）、한국을（把韓國…）、홍콩을（把香港…）。以前方名詞的尾音來決定使用「을」[eul] 或「를」[leul]，用來強調句子中目的語。

타요 [ta.yo]

動詞「타다」（坐車）的「아/어/해요」形態，相當於英文的「Take、Ride」；反義詞則是「내리다」（下車）。

OPPAN GANGNAM STYLE!

名勝地②
三成洞

Q 這裡是會展中心[①]嗎？

이쪽이 코엑스몰이에요 ?

[i.jjok.i/ ko.ek.seu.mol.i.e.yo]

A 不，那邊[②]是會展中心。

아니요 . 저쪽이 코엑스몰이에요 .

[a.ni.yo/ jeo.jjok.i/ ko.ek.seu.mol.i.e.yo]

替換詞彙①：

會展中心	코엑스	[ko.ek.seu]
COEX Mall	코엑스몰	[ko.ek.seu.mol]
Aquarium	아쿠아리움	[a.ku.a.ri.um]
SM town	SM 타운	[SM ta.un]

替換詞彙②：

| 左邊 | 왼쪽 | [oen.jjok] |
| 右邊 | 오른쪽 | [o.reun.jjok] |

會展中心

於 1988 年 9 月 7 日正式完工的韓國綜合貿易中心 COEX，是為滿足海內外貿易者需求而興建的大規模商業中心。將貿易會館、韓國綜合展場、市區機場客運站、Inter-Continental 飯店及現代百貨公司等集於一處，方便處理各項貿易業務。而貿易中心下的 COEX MALL，是總面積達 36,000 餘坪的生活文化空間，內有商店、多國餐廳、複合式影城 Megabox、隧道式 COEX 水族館等各式各樣的設施。

語法分析：

이쪽이 코엑스몰이에요？	아니요 . 저쪽이 코엑스몰이에요 .
이쪽 [i.jjok] 「이」相當於英文的「this」；「쪽」意謂方向，有英文「side」的意思。	**저쪽 [jeo.jjok]** 「저」相當於英文的「that」；「쪽」意謂方向，有英文「side」的意思。
이 [i] 放在名詞後方，令名詞成為主語。	**아니요 [a.ni.yo]** 相當於英文的「no」。
이에요？ [i.e.yo] 放在動詞後方，令句子成為疑問句。	**이에요 [i.e.yo]** 放在名詞後方，當作英文中的動詞「Be」（is, am, are）使用。

蠶室

AR

Q 在蠶室做什麼？

잠실에서 뭐해요?

[jam.sil.e.seo/ mwo.hae.yo]

A 去樂天世界①。

롯데월드에 가요.

[rot.de.wol.deu.e/ ga.yo]

替換詞彙①：

樂天世界	롯데월드	[rot.de.wol.deu]
樂天大樓	롯데타워	[rot.de.ta.wo]
石村湖	석촌호수	[seok.chon.ho.su]

樂天世界

以冒險與神秘為主題，分成室內主題公園「樂天探險世界」和室外的湖水公園「魔幻島」，再加上購物商城、民俗博物館、溜冰場、飯店、百貨公司等，是結合觀光、休閒、購物與文化的大型複合式生活空間。

樂天探險世界以最尖端的遊樂設施為主，配合巡遊、雷射秀、公演、各國美食等，一年四季不論何時都能來樂園遊玩。民俗博物館分成歷史展示館、模型村、遊戲廣場和商店街，讓遊客能有趣地認識韓國五千年的歷史與民俗文化。花園舞台是樂天世界公演的中心舞台，在這裡進行各種時節的歌舞劇、公開錄影等。樂天世界湖畔戶外舞台位於魔幻島，以石村湖水為背景，隨時都有各種公演活動。而由韓流明星們所組成的樂天世界明星大街，則為體驗型的娛樂設施。

語法分析：

잠실에서 뭐해요?	롯데월드에 가요.
에서 [e.seo] 放在場所名詞後方的助詞，例如：한국에서（在韓國）、홍콩에서（在香港）、도서관에서（在圖書館），意思與英文的「from, at, in」相同。 **뭐해요? [mwo.hae.yo]** 「뭐」是英文「what」的意思；「해요」是英文「do」的意思。	**에 [e]** 作為附在名詞後方的助詞，例如：한국에（在韓國）、홍콩에（在香港）、집에（在家）。 相當於英文中放在場所（名詞）前的「to」，主要與가다（去）、오다（來）、있다（有）、없다（沒有）、많다（多）、적다（少）、살다（住）等一同使用。

名勝地④ 弘大 AR

Q 去弘大①是坐 1 號線嗎？
홍대는 1 호선을 타요?
[hong.dae.neun/ i.ho.seon.eul/ ta.yo]

A 不，要坐 2 號線。
아니요 . 2 호선을 타요 .
[a.ni.yo/ i.ho.seon.eul/ ta.yo]

替換詞彙①：

| Kakao-friends shop | 카카오프렌즈샵 | [ka.ka.o.peu.len.jeu.syap] |
| 弘益大學 | 홍익대학교 | [hong.ik.dae.hak.gyo] |

弘大

弘大周邊林立許多特色咖啡廳、精品小商店、服飾店、夜店、藝術市場及多國風味料理餐廳。此外，亦有豐富多樣的文化活動、街頭表演和慶典等，濃厚的街頭藝術氣息也是吸引年輕人相約前往的最大魅力。

弘大周圍還有不同特色的主題街道，如美術補習班街、畢卡索街、夜店街及「想漫步的街道」等，有機會不妨來到弘大街道上愉快走走看看，感受一下不同凡響的青春活力！

語法分析：

홍대는 1 호선을 타요 ?	아니요 . 2 호선을 타요 .
는 [neun] 放在名詞後方，相當於中文「是」的意思。	을 [eul] 放在名詞後方，令名詞成為目的語，例如：학생을（把學生…）、한국을（把韓國…）、홍콩을（把香港…）。以前方名詞的尾音來決定使用「을」[eul] 或「를」[leul]，用來強調句子中目的語。

首爾地鐵又稱韓國首都圈電鐵，是世界上單日載客量最大的鐵路系統之一，車站數量 680 座，截至 2017 年年底，路線長度世界第六。其服務範圍為韓國首爾特別市和周邊的首都圈，日均載客量超過 1,900 萬人次（2016 年統計）。首都圈電鐵以首爾的九條地下鐵路為主，並輔以韓國鐵道公社的盆唐線、仁川地鐵、京春線、新盆唐線、愛寶線、水仁線、京義中央線、議政府輕軌等線路，合共 21 條路線。

常用地鐵站

弘大站	홍대역	[hong.dae.yeok]
首爾站	서울역	[seo.ul.yeok]
江南站	강남역	[gang.nam.yeok]
蠶室站	잠실역	[jam.sil.yeok]
三成站	삼성역	[sam.seong.yeok]
龍山站	용산역	[yong.san.yeok]
東大門站	동대문역	[dong.dae.mun.yeok]
鐘閣三街站	종로 3 가역	[jong.ro.sam.ga.yeok]
首爾大學入口站	서울대입구역	[seo.ul.dae.ip.gu.yeok]

INFO

韓巢中文地鐵 APP
www.hanchao.com/app/subway

課後練習

課後練習❶ 連線配對

請在課文中尋找詞組，並與相應的句子連線配對。

싸이가　　　　　•　　　　　•　　　　있어요？

어디에　　　　　•　　　　　•　　　　삼성동이에요？

공원에서　　　　•　　　　　•　　　　강남에 가요.

2 호선을　　　　•　　　　　•　　　　뭐해요？

이쪽이　　　　　•　　　　　•　　　　타요.

	[i.jok.i/ sam.seong.dong.i.e.yo]
	이쪽이 삼성동이에요?
	這邊是三成洞嗎？
[i.ho.seon.eul/ ta.yo]	[gong.won.e.seo/ mwo.hae.yo]
2 호선을 타요.	공원에서 뭐해요?
搭 2 號線。	在公園做什麼？
[eo.di.e/ iss.eo.yo]	[sa.i.ga/ gang.nam.e/ ga.yo]
어디에 있어요?	싸이가 강남에 가요.
在哪裡？	鳥叔要去江南。

答案：

請在課文中尋找詞彙，並填寫於空格中。

1. 강남에 _____ 가요？（江南怎麼去）

[gnag.nam.e/ e.tteot.ge/ gayo]

2. 지하철을 _____.（坐地下鐵）

[ji.ha.cheol.eul/ ta.yo]

3. _____ 코엑스몰이에요.（這裡是會展中心）

[i.jjok.i/ ko.ek.seu.mol.i.e.yo]

4. 잠실에서 _____?（在蠶室做什麼？）

[jam.sil.e.seo/ mwo.hae.yo]

5. 롯데월드_____가요.（去樂天世界）

[rot.de.wol.deu.e/ ga.yo]

	5. 에（助詞）
4. 뭐해요（做什麼）	3. 이쪽이（這裡是）
2. 타요（坐）	1. 어떻게（怎麼）

解答：

課後練習 ❸ 對話

請在課文中尋找相似例句，並填上正確答案：

1. Q：강남에 어떻게 가요？（江南怎樣去？）

   [gang.nam.e/ eo.ddeot.ge/ ga.yo]

   A：_____을 타요 .（坐地鐵去。）

   [ji.ha.chol.eul/ ta.yo]

2. Q：이쪽이 롯데월드예요？（這裡是樂天世界？）

   [i.jjok.i/ rot.de.wol.deu.ye.yo]

   A：아니요 , _____이에요 .（不，是那裡。）

   [a.ni.yo/ jeo.jjo.i.e.yo]

3. Q：강남은 1 호선을 타요？（去江南坐 1 號線嗎？）

   [gang.nam.eun/ il.ho.seon.eul/ ta.yo]

   A：아니요 , _____을 타요 .（不 , 坐 2 號線。）

   [a.ni.yo/ i.ho.seon.eul/ ta.yo]

지하철（地鐵）[ji.ha.chol]	저쪽（那邊）[jeo.jjo]	2 호선（2 號線）[i.ho.seon]

答案：

第四課

韓國料理
한국음식

[han.guk.eum.sik]

Q 阿姨①，這裡！

1 이모 , 여기요 !

[i.mo/ yeo.gi.yo]

Q 請（再）給茶水②。

2 물 (더) 주세요 .

[mul/ (deo)/ ju.se.yo]

替換詞彙①：

老闆	사장님	[sa.jang.nim]

替換詞彙②：

菜單	메뉴판	[men.nyu.pan]
配菜	반찬	[ban.chan]

點菜

「阿姨」（이모）的原意是母親的姐姐或妹妹，但為了表達親切、親近，一般在韓國食堂中會用來稱呼年齡較大的女服務生。而「老闆」（사장님）這稱呼不分男女，假如食堂的規模較小、屬於家庭經營性質，也沒有特別聘請服務生，都可以直接用這句稱呼。

語法分析：

이모 , 여기요 !	물 (더) 주세요 .
여기요 [yeo.gi.yo] 位置指示名詞，相當於英文的「here」，可用於句子中的主語或目的語。 相反，「저기요」[jeo.gi.yo] 相當於英文的「there」，即「那裡」。	**주세요 [ju.se.yo]** 相當於英文的「give」、中文的「給」，屬於動詞詞幹，用在名詞之後。需特別注意的是，這裡用了「動詞詞幹 + 으세요」語法，有請、命令、拜託的意義。例子： 「앉」（坐）+「으세요」=「앉으세요」（請坐）。 **더 [deo]** 字譯是「繼續、再加」的意思，相當於英文的「more」。

菜單

AR

Q 請給泡菜湯①。

김치찌개 주세요 .

[gim.chi.jji.gae/ ju.se.yo]

替換詞彙①：

泡菜湯	大醬湯	蔘雞湯	豆腐鍋
김치찌개	**된장찌개**	**삼계탕**	**순두부찌개**
[gim.chi.jji.gae]	[doen.jang.jji.gae]	[sam.gye.tang]	[sun.du.bu.jji.gae]

韓式拌飯	韓式烤肉	韓牛	豬腳
비빔밥	**불고기**	**한우**	**족발**
[bi.bim.bap]	[bul.go.gi]	[han.u]	[jok.bal]

菜包肉	南瓜粥	海鮮煎餅	泡菜煎餅
보쌈	**단호박죽**	**해물파전**	**김치전**
[bo.ssam]	[dan.ho.bak.juk]	[hae.mul.pa.jeon]	[gim.chi.jeon]

蔬菜煎餅	炒年糕	紫菜飯卷	韓式炸雞
야채전	**떡볶이**	**김밥**	**양념치킨**
[ya.chae.jeon]	[tteok.bokk.i]	[kim.bap]	[yang.nyeom.chi.kin]

泡菜	拉麵	冷麵	炸醬麵
김치	**라면**	**냉면**	**짜장면**
[gim.chi]	[ra.myeon]	[naeng.myeon]	[jja.jang.myeon]

辣炒大腸	薄餅	意粉	漢堡
곱창	**피자**	**파스타**	**햄버거**
[gop.chang]	[pi.ja]	[pa.si.ta]	[haem.beo.geo]

Q 阿姨，請結帳。多少錢？

1 이모 , 계산이요 . 얼마예요 ?

[i.mo / gye.san.i.yo / eol.ma.ye.yo]

Q <u>太便宜</u>①了。可以用<u>信用卡</u>②嗎？

2 너무 <u>싸요</u> . <u>카드</u> 돼요 ?

[neo.mu/ ssa.yo/ ka.deu/ dwae.yo]

替換詞彙①：

貴	비싸요	[bi.sa.yo]
漂亮	예뻐요	[ye.ppeo.yo]
好	좋아요	[jo.ha.yo]

替換詞彙②：

現金　　　　　현금　　　　　[hyeon.gum]

語法分析：

너무 싸요 . 카드 돼요 ?

너무 [neo.mu]

為了強調語氣，可使用此副詞，相當於中文「十分」的意思。

싸요 [ssa.yo]

形容詞，「便宜」的意思。
相反，如果想說「昂貴」，則是「비싸요」[bi.ssa.yo]，即是「非便宜、不便宜」的意思。

돼요 [dwae.yo]

屬於韓文語尾用法，詢問對方意見時使用，有「可以嗎」的意思。

小知識　食堂免費菜

在韓國食肆吃過飯的人都知道，除了自己點的菜品以外，更會有很多其他小菜，當然這些小菜都是免費的。而且越是往飲食文化發達的西南地區，免費提供的小菜樣數就越多，像全羅道地區，點一碟生魚片會有 40 至 50 種免費小菜（認真的）！

課後練習 ❶ 連線配對

請在課文中尋找詞組，並與相應的句子連線配對。

물　　●　　　　　●　　비싸요

너무　　●　　　　●　　돼요？

카드　　●　　　　●　　주세요.

모두　　●　　　　●　　얼마예요？

여기　　●　　　　●　　비빔밥도 주세요.

	[yeo.gi/ bi.bim.bap.do/ ju.se.yo]
	여기 비빔밥도 주세요.
	請再給我韓式拌飯。
[mo.du/ eol.ma.ye.yo]	[ka.deu/ dwae.yo]
모두 얼마예요？	카드 돼요？
一共多少錢？	能刷卡嗎？
[neo.mu/ bi.ssa.yo]	[mul/ ju.se.yo]
너무 비싸요.	물 주세요.
太貴了。	請給我水。
	答案：

請在課文中尋找詞彙，並填寫於空格中。

1. Excuse me（打擾一下。）　⋯⋯▸ ＿＿＿＿＿＿＿＿＿

[yeo.gi.yo/jeo.gi.yo]

2. Please give（請給。）　⋯⋯▸ ＿＿＿＿＿＿＿＿＿

[ju.se.yo]

3. How much is it?（多少錢？）　⋯⋯▸ ＿＿＿＿＿＿＿＿＿

[eol.ma.ye.yo]

4. Can I pay by card?

（可以刷卡嗎？）　⋯⋯▸ ＿＿＿＿＿＿＿＿＿

[ka.deu/ dwae.yo]

5. Too cheap!（太便宜了。）　⋯⋯▸ ＿＿＿＿＿＿＿＿＿

[neo.mu/ ssa.yo]

	5. 너무 싸요（太便宜了。）
4. 카드 돼요（可以刷卡嗎）	3. 얼마에요（多少錢）
2. 주세요（請給）	1. 여기요 / 저기요（這裡 / 那裡）

答案：

課後練習❸對話

請在課文中尋找相似例句，並填上正確答案：

1. Q：뭘 드시겠어요？（要吃什麼？）

   [mwol/ deu.si.get.eo.yo]

   A：불고기를 _____.（請給我韓國烤肉。）

   [bul.go.gi.rul/ <u>ju.se.yo</u>]

2. Q：카드 _____？（可以刷卡嗎？）

   [ka.deu/ <u>dwae.yo</u>]

   A：네 , 카드 돼요 .（是，可以刷卡。）

   [ne/ ka.deu/ dwae.yo]

3. Q：_____？（多少錢？）

   [<u>eol.ma.ye.yo</u>]

   A：20,000 원입니다 .（2 萬圜。）

   [i.man.won.ip.ni.da]

		[eol.ma.ye.yo] 얼마예요（多少錢）
	[dwae.yo] 돼요（可以）	[ju.se.yo] 주세요（請給）

答案：

1. 子音 Consonants (ㅂ , ㅃ , ㅍ)

ㅂ [b]					
ㅃ [bb]					
ㅍ [p]					

2. 母音 Vowels (ㅐ , ㅔ)

ㅐ [ae]					
ㅔ [e]					

3. 子音 Consonants（ㅂ,ㅃ,ㅍ）+ 母音 Vowels（ㅐ,ㅔ）

배		빼		패	
[bae]		[bbae]		[pae]	
베		뻬		페	
[be]		[bbe]		[pe]	

4. 尾音 Final Consonants ㅂ（ㅂ,ㅍ）

日					
[-p]					
프					
[-p]					

5. 子音 Consonants（ㄷ,ㄸ,ㅌ）+ 母音 Vowels（ㅜ,ㅓ,ㅕ）+ 尾音 Final Consonants（ㄷ,ㅌ）

뱁		뺍		팹	
[baep]		[bbaep]		[paep]	
뱁		뼵		펩	
[bep]		[bbep]		[pep]	
뱉		뺕		팯	
[baep]		[baep]		[paep]	
뱉		뼽		펱	
[bep]		[bbep]		[pep]	

第 ⑤ 課

交 通
교 통
[g y o . t o n g]

【實 用 語 句】

· 換 乘

· 搭 的 士

【課 後 練 習】

· 連 線 配 對

· 填 充

· 對 話

【練 字 表】

재

Q 這一站是什麼站？

이번 역이 무슨 역이에요?

[i.beon/ yeok.i/ mu.seun/ yeok.i.e.yo]

A 這裡是學校。

여기가 학교예요.

[yeo.gi.ga/ hak.gyo.ye.yo]

Q 怎麼去新沙洞？

신사동은 어떻게 가요?

[sin.sa.dong.eun/ eo.tteot.ge/ ga.yo]

A 在江南站下車，換乘巴士①。

강남역에서 내려요, 버스를 갈아타요.

[gang.nam.yeok.e.seo/ nae.ryeo.yo/ beo.seu.reul/ gal.a.ta.yo]

替換詞彙① :

巴士	버스	[beo.seu]
的士	택시	[taek.si]
地鐵	지하철	[ji.ha.cheol]

語法分析 :

여기가 학교예요 .	강남역에서 내려요 , 버스를 갈아타요 .
가 [ga] 相同於「이」的用法（見 P.49），放在名詞後方，令名詞更為主語，例如：학교가（學校）、날씨가（天氣）。 要判斷如何使用「가」或「이」，要視乎該名詞有沒有無尾音，沒有尾音時接「이」而有尾音時接「가」，例如： 학생이 [hag.saeng.i]（學生） 학교가 [yeo.gi.ga]（學校） **예요 [ye.yo]** 如同前面所述「이에요」的用法（見 P.49），放在名詞後方，當作英文中的動詞「Be」（is, am, are）使用。 該動詞也是根據前方名詞有沒有無尾音，沒有尾音時接「예요」，而有尾音時接「이에요」，例如： 학생이에요 [hag.saeng.i.e.yo] 她是一名學生。 학교예요 [hag.gyo.ye.yo] 這是一所學校。	**내려요 [nae.ryeo.yo]** 下車，與「내리다」的意思相同；反義詞則是「타요」[ta.yo]（上車）。 **갈아타요 [gal.a.ta.yo]** 換乘，與「내려요」同為動詞，放在名詞後方使用。

搭的士

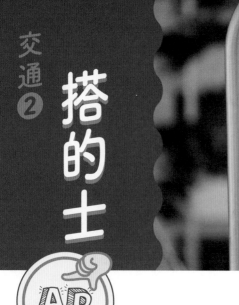

택시
TAXI

Q 要去哪裡？
어디에 가요?
[eo.di.e/ ga.yo]

A 請去江南①。
강남에 가 주세요.
[gang.nam.e/ ga/ ju.se.yo]

替換詞彙①：

弘大	홍대	[hong.dae]
東大門	동대문	[dong.dae.mun]
景福宮	경복궁	[gyeong.bok.gung]
首爾大學	서울대학교	[seo.ul.dae.hak.gyo]

▼ 韓國的士 ◀

韓國有兩種的士，稱謂「一般的士」和「模範的士」，從車身顏色可以分別出來。「模範的士」大部分都是黑色，車身亮麗、性能較好，而且司機較親切；相對而言，價格也較高，約「一般的士」的 1.7 倍。「一般的士」的顏色則會受制於當地城市的政策或指引，衍生出不同的顏色。

語法分析：

어디에 가요 ?	강남에 가 주세요 .
어디 [eo.di] 相當於英文的「where」、中文的「哪裡」。除了指地方，亦可以問： 어디가 좋아요 ?（喜歡他哪裡？） [eo.di.ga/ jot.a.yo]	**가 [ga]** 為動詞，相當於中文「去、前往」的意思。 **주세요 [ju.se.yo]** 「請」的意思，放在動詞後面。例如： 가 주세요 [ga/ ju.se.yo]（請去） 와 주세요 [wa/ ju.se.yo]（請過來） 사 주세요 [sa/ ju.se.yo]（請買）

基本須知

司機位置在左邊，一般情況下乘客都在右邊上車。韓國的士是沒有自動開門或關門裝置的，所以乘客需要自己開關門。現在韓國的士都有至少四國語言服務（連接電話翻譯），不用害怕言語不通。

拒載 승차거부〔seung.cha.geo.bu〕

不管目的地是哪裡，的士拒載均屬違法。但在韓國，的士拒載十分普遍，如果行程距離太短或太遠，司機都有可能拒絕接載乘客。

共乘 합승〔hap.seung〕

即與隨機乘客共乘一車。目前這種情況在韓國很少發生，但有時如果目的地相同或相似，有些司機可能要求你與不認識的人共乘一車，不過這也屬違法行為。

高額收費 바가지요금〔ba.ga.ji.yo.geum〕

的士一概為跳錶收費，不過有些市內／市外的士會有不同的價格計算法，若遇上價格協商，須小心被司機胡亂收費。這種情況經常發生在旅遊人士身上，如果司機認為你對語言或該城市不熟悉，他們往往會繞路或收取超過需要支付的正常費用。

韓國叫車 APP「Kakao Taxi」（카카오 택시）

當地人都會使用 APP「Kakao Taxi」叫車，下載應用程序後可以選擇英語和韓語。用法與 Uber 差不多，可通過定位叫車，再選擇目的地，抵達時可使用現金或信用卡付款，不用怕言語不通了。

韓國的各大城市都有執行「大眾交通換乘制」，而首爾是人口1千多萬的大型城市，光是地鐵車站就多達630個，公共巴士站就更不用説了。所謂「大眾交通換乘制」，是指搭乘大眾交通（包括巴士、地鐵、小巴等）轉乘另一大眾

交通時，在交通費上給予一定程度的換乘優惠。一般限於使用同一張交通卡，而且有30分鐘之內轉乘的時間限制。

課後練習 ❶ 連線配對

請在課文中尋找詞組，並與相應的句子連線配對。

강남에서 ●　　　　　● 무슨 역이에요 ?

이번 역이 ●　　　　　● 가 주세요 .

강남역에 ●　　　　　● 내려요 .

신사동은 ●　　　　　● 학교예요 .

여기가 ●　　　　　● 어떻게 가요 ?

<table>
<tr><td></td><td>[yeo.gi.ga/ hak.gyo.ye.yo]
여기가 학교예요 .
這裡是學校。</td></tr>
<tr><td>[sin.sa.dong.eun/ eo.tteoh.ge/ ga.yo]
신사동은 어떻게 가요 ?
新沙洞怎麼走？</td><td>[gang.nam.yeok.e/ ga/ ju.se.yo]
강남역에 가 주세요 .
請去江南站。</td></tr>
<tr><td>[i.bun/ yeok.i/ mu.seun/ yeok.i.e.yo]
이번 역이 무슨 역이에요 ?
這一站是什麼站呢？</td><td>[gang.nam.e.seo/ nae.ryeo.yo]
강남에서 내려요 .
在江南站下車。</td></tr>
</table>

答案 :

課後練習 ❷ 填充

請在課文中尋找詞彙，並填寫於空格中。

1. 이번 역이 _____이에요 ？（這站是哪站？）
   [i.bun/ yeok.i/ mu.seun.yeok.i.ye.yo]

2. 신사동에 어떻게 _____ ？（新沙洞怎麼去？）
   [sin.sa.ding.e/ eo.tteot.ge/ ga.yo]

3. 강남역에서 _____ ．（在江南站下車．）
   [gang.nam.yeok.e.seo/ nae.ryeo.yo]

4. Where are you going? （你去哪裡？）

   ⋯➡ _____
   [eo.di.ye/ ga.yo]

5. Please go to 강남 ．（請去江南）

   ⋯➡ _____
   [gang.nam/ ga/ ju.se.yo]

	5. 강남 가 주세요 （請去江南）
4. 어디에 가요 （你去哪裡）	3. 내려요 （下車）
2. 가요 （去）	1. 무슨역 （哪站）

答案：

課後練習 ❸ 對話

請在課文中尋找相似例句，並填上正確答案：

1. Q：여기가 어디예요？（這是哪裡？）

   [yeo.gi.ga/ eo.di.e.yo]

   A：_____예요．（這裡是學校。）

   [hak.gyo.ye.yo]

2. Q：남대문에 어떻게 가요？（南大門怎麼去？）

   [nam.dae.mun.e/ eo.tteot.ge/ ga.yo]

   A：_____ 타고 가요．（坐的士直達。）

   [tek.si/ ta.go/ ga.yo]

3. Q：여기가 무슨 역이에요？（這裡是什麼站？）

   [yeo.gi.ga/ mu.seun/ yeok.i.e.yo]

   A：_____이에요．（這裡是首爾站。）

   [seo.ul.yeok.i.e.yo]

학교（學校）	택시（的士）	서울역（首爾站）
[hak.gyo]	[taek.si]	[seo.ul.yeok]

答案：

練字表

재

交通 Traffic

자음 , 모음 , 받침

1. 子音 Consonants (ㅈ , ㅉ , ㅊ)

ㅈ [j]					
ㅉ [jj]					
ㅊ [ch]					

2. 母音 Vowels (ㅒ , ㅖ)

ㅒ [yae]					
ㅖ [ye]					

3. 子音 Consonants（ㅈ, ㅉ, ㅊ）+ 母音 Vowels（ㅒ, ㅖ）

재 [jyae]		**쨰** [jjyae]		**챼** [chyae]	
졔 [jye]		**쪠** [jjye]		**쳬** [chye]	

4. 尾音 Final Consonants（ㄴ）

ㄴ [-n]					

5. 子音 Consonants（ㄷ, ㄸ, ㅌ）+ 母音 Vowels（ㅜ, ㅓ, ㅝ）+
尾音 Final Consonants（ㄷ, ㅌ）

쟨 [jaen]		**쨴** [jjaen]		**챈** [chaen]	
젠 [jen]		**쪤** [jjen]		**쳰** [chen]	

第六課

韓流明星
연예인

[y e o n . y e . i n]

【實用語句】

- 偶像
- 流行語

【課後練習】

- 連線配對
- 填充
- 對話

Q 喜歡孔劉①嗎？

공유 좋아해요?

[gong.yu/ jot.a.hae.yo]

A 喜歡孔劉①，也愛姜丹尼爾①，他們真的很帥②。

공유 좋아해요 , 강다니엘도 사랑해요 ,

정말 진짜 대박 멋있어요 .

[gong.yu/ jot.a.hae.yo/ kang.daniel/ do/ sa.rang.hae.

yo/ jeong.mal/ jin.jia/ dae.bak/ meot.it.eo.yo]

替換詞彙①：韓流明星

孔劉	공유	[gong.yu]
姜丹尼爾	강다니엘	[kang.daniel]
李敏鎬	이민호	[i.min.ho]
BIGBANG	빅뱅	[bik.baeng]
IU	아이유	[a.i.yu]

替換詞彙②：形容詞

漂亮	예뻐요	[ye.ppeo.yo]
聰明	똑똑해요	[ttok.ttok.hae.yo]
高	키 커요	[ki.keo.yo]
苗條	날씬해요	[nal.ssin.hae.yo]

語法分析：

공유 좋아해요 , 강다니엘 도 사랑해요 , 정말 진짜 대박 멋있어요 .

좋아해요 [jot.a.hae.yo] VS 사랑해요 [sa.rang.hae.yo]

前者是「喜歡」的意思，後者是「愛」（更喜歡）的意思。兩者都是動詞，也因為音節太長（三個音節），一般前後都不用加主語，也不用加受語（即我／你／他）。例如：表白時向對方説：「사랑해요」（我愛你）。

假如想説「不喜歡」，在動詞或形容詞「좋아해요」前加上「안」[an] 來表示否定。例如：

빅뱅 안 좋아해요 [bik.baeng/ an/ jo.ha.hae.yo]（不喜歡 BIGBANG）

도 [do]

為副詞，相當於中文「也」的意思，放在主語後方。

정말 진짜 대박 [jeong.mal/ jin.jia/ dae.bak]

這三個詞語都屬同一意思，直譯中文分別是：정말（真心）、진짜（真的）、대박（大發），都是韓國的流行語，用在強調語句時使用。當地人喜歡同時使用這三個流行語，來加強表達心情或感受。

真心	真的	真的
정말 [jeong.mal]	**진짜** [jin.jia]	**레알** [re.al]
實話（真的）	大發	超生氣
실화 [sil.hwa]	**대박** [dae.bak]	**빡치다** [ppag.chi.da]
超有趣	太棒了	太棒了
꿀잼 [kkul.jaem]	**쩔어요** [jjeol.eo.yo]	**끝내주네** [kkeut.nae.ju.ne]
太好吃了	太好吃了	認證、同意
핵꿀맛 [haek.kkul.mat]	**핵존맛** [haek.jon.mat]	**인정** [in.jeong]
Great	Stupid	可愛
그뤠잇 [haek.kkul.mat]	**스튜핏** [haek.kkul.mat]	**귀엽** [gwi.yeop]

艾古	爽快（雪碧）	鬱悶（番薯）
아이구 [a.i.gu]	**사이다** [sa.i.da]	**고구마** [go.gu.ma]
※ 感歎詞，常用於口語句首，含有「哎呦、媽呀、天啊」的意思。	※ 形容像喝了汽水般讓人心情舒暢的狀況。	※ 因為吃番薯很容易噎到喉嚨，用來形容讓人覺得鬱悶的狀況。
萌犬美	狗狗美	蠢萌美
멍뭉미 [meong.mung.mi]	**댕댕미** [daeng.daeng.mi]	**멍청미** [meong.cheong.mi]
※ 是「멍멍이」（狗狗）＋「귀요미」（可愛）的新創韓詞，用來形容像狗狗一樣萌的人。	※ 用來表示「小狗」的網路用語，而「댕」和「멍」的字形很相似，語氣也很可愛，就被拿來使用了。	※ 原為貶義詞「傻瓜」的意思，後來從綜藝節目而來的傻瓜魅力令人捧腹大笑，衍生出「傻瓜美」的正面意思。

第六課 韓流明星 연예인

請在課文中尋找詞組，並與相應的句子連線配對。

공유가 ● ● 예뻐요.

진짜 ● ● 많아요.

인기가 ● ● 봐요.

드라마를 ● ● 멋있어요.

송혜교가 ● ● 좋아해요.

	[song.hye.gyo.ga/ ye.ppeo.yo]
	송혜교가 예뻐요.
	宋慧喬很漂亮。
[deu.ra.ma.reul/ bwa.yo]	[yin.gi.ga/ man.a.yo]
드라마를 봐요.	인기가 많아요.
看連續劇。	人氣很旺。
[jin.jja/ joh.a.he.yo]	[gong.yu.ga/ meot.it.eo.yo]
진짜 좋아해요.	공유가 멋있어요.
真的喜歡。	孔劉很帥。

答案：

請在課文中尋找詞彙，並填寫於空格中。

1. To like（喜歡）　　　···›＿＿＿＿＿＿＿＿

                 [jo.a.hae.yo]

2. To dislike（不喜歡）　···›＿＿＿＿＿＿＿＿

                 [an.jo.a.hae.yo]

3. To be pretty（漂亮）　···›＿＿＿＿＿＿＿＿

                 [ye.ppeo.yo]

4. To be smart（聰明）　···›＿＿＿＿＿＿＿＿

                 [ttok.ttok.hae.yo]

5. To be handsome（帥氣）···›＿＿＿＿＿＿＿＿

                 [meot.it.e.yo]

	5. 멋있어요（帥氣）
4. 똑똑해요（聰明）	3. 예뻐요（漂亮）
2. 안 좋아해요（不喜歡）	1. 좋아해요（喜歡）

答案：

課後練習 ❸ 對話

請在課文中尋找相似例句，並填上正確答案：

1. Q：공유 좋아해요？（喜歡孔劉嗎？）

   [gong.yu/ jot.a.hae.yo]

   A：네, 공유＿＿＿＿＿＿＿＿.（是，喜歡孔劉。）

   [ne/ gong.yu/ <u>jot.a.hae.yo</u>]

2. Q：지창욱＿＿＿＿＿＿＿좋아해요？（也喜歡池昌旭嗎？）

   [ji.chang.uk.<u>do</u>/ jot.a.hae.yo]

   A：네, 지창욱＿＿＿＿＿＿＿좋아해요.（是，也喜歡池昌旭。）

   [ne/ ji.chang.uk.<u>do</u>/ jot.a.hae.yo]

3. Q：설현 씨 몸매가 어때요？（雪炫身材怎麼樣？）

   [seol.hyeon/ ssi/ mom.mae.ga/ eo.ttae.yo]

   A：＿＿＿＿＿＿＿.（很瘦。）

   [<u>nal.ssin.hae.yo</u>]

[nal.ssin.hae.yo] 날씬해요（很瘦）	[do] 도（也）
[do] 도（也）	좋아해요（喜歡）[jot.a.hae.yo]

答案：

第 七 課

購 物
쇼 핑

[s y o . p i n g]

【 實 用 語 句 】

· 買 衣 服

· 退 款

【 課 後 練 習 】

· 連 線 配 對

· 填 充

· 對 話

【 練 字 表 】

Q 阿姨，這件 T 恤① 有其他顏色嗎？

1 이모 , 티셔츠 다른 색 있어요 ?
[i.mo/ ti.syeo.cheu/ da.reun/ saek/ it.eo.yo]

Q 請換白色② 給我。

2 하얀색으로 바꿔 주세요 .
[ha.yan.saek.eu.ro/ ba.kkwo/ ju.se.yo]

替換詞彙① : 衣服種類

T 恤	티셔츠	[ti.syeo.cheu]
襯衫	셔츠	[syeo.cheu]
毛衣	스웨터	[seu.we.teo]
裙子	스커트 / 치마	[seu.keo.teu/chi.ma]
褲子	바지	[ba.ji]

連衣裙	원피스	[won.pi.seu]
外套	코트	[ko.teu]
圍巾	목도리	[mog.do.ri]
鞋	신발	[sin.bal]
靴	부츠	[bu.cheu]
帽	모자	[mo.ja]

替換詞彙②：顏色

白色	하얀색	[ha.yan.saek]
黑色	검은색	[geom.eun.saek]
灰色	회색	[hoe.saek]
紅色	빨간색	[bbal.gan.saek]
黃色	노란색	[no.ran.saek]
藍色	파란색	[pa.ran.saek]
綠色	초록색	[cho.rok.saek]
紫色	보라색	[bo.ra.saek]
棕色	갈색	[gal.saek]

Q 阿姨，多少錢？

1 이모 , 얼마예요 ?

[i.mo/ eol ma e.yo]

Q 請給收據。

2 영수증 주세요 .

[yeong.su.jeung/ ju.se.yo]

Q 這件 T 恤太大①了！請退款。

3 티셔츠 너무 커요 ! 환불해 주세요 .

[ti.syeo.cheu/ neo.mu/ keo.yo/ hwan.bul.hae/

ju.se.yo]

替換詞彙①：

大	커요	[keo.yo]
小	작아요	[jak.ga.yo]
窄	좁아요	[jop.a.yo]
貴	비싸요	[bi.ssa.yo]
醜	못생겼어요	[mot.saeng.gyeo.sseo.yo]

語法分析：

> **티셔츠 너무 커요！ 환불해 주세요 .**

너무 [neo.mu]

副詞「太」的意思，用來強調動作或形容詞。

주세요 [ju.se.yo]

「請給」的意思，一般要求東西或行為時都可使用。例如：

봐 주세요 [bwa/ ju.se.yo]（請看）

써 주세요 [sseo/ ju.se.yo]（請寫）

在韓國，習慣以「cm」或「韓國號數」來標示衣服尺寸。一般來說，T恤、襯衫、運動服等，尺寸大都用胸圍 (cm) 來表示。

男裝上衣

尺寸對照	S	M	L	XL	FREE SIZE
胸圍 (cm)	90-95	95-100	100-105	105-110	105-108
韓國號數	90	95	100	105	FREE

男裝褲子

尺寸對照	S	M	L	XL	FREE SIZE
胸圍 (cm)	96-99	100-102	103-106	110-114	103-110
韓國號數	28	30	32	34	FREE

女裝上衣

尺寸對照	S	M	L	XL	FREE SIZE
胸圍 (cm)	86-88	90-92	94-96	100	82-110
韓國號數	55	66	77	88	FREE

女裝褲子／裙子

尺寸對照	S	M	L	XL	FREE SIZE
胸圍 (cm)	75-77	78-79	80-82	83-85	82-110
韓國號數	27	28	29	30	FREE

韓國有一種較為傳統的色彩，稱之為「색동」[saek. dong]（色動），我們可以在傳統服飾上見到。韓服從三國時代開始一直流傳至今，與韓國民族有密切的關係。一般來說，韓服會使用5種不同顏色的布料一層一層地縫製，當地人多會在節日時穿戴，來突顯多彩多姿的過節氣氛。

課後練習 ① 連線配對

請在課文中尋找詞組，並與相應的句子連線配對。

너무 • • 주세요 .

환불해 • • 비싸요 .

티셔츠 • • 바꿔 주세요 .

하얀색으로 • • 들어요 ?

마음에 • • 너무 커요 ?

	[ma.eum.e/ deul.eo.yo] 마음에 들어요 ? 喜歡嗎?
[ha.yan.saek.e.ro/ ba.kkwo.ju.se.yo] 하얀색으로 바꿔주세요 . 請換白色的吧。	[ti.syeo.cheu/ neo.mu/ keo.yo] 티셔츠 너무 커요 ? T恤太大嗎?
[hwan.bul.hae/ ju.se.yo] 환불해 주세요 . 請退款。	[neo.mu/ bi.ssa.yo] 너무 비싸요 . 太貴了。

答案：

請在課文中尋找詞彙，並填寫於空格中。

1. 티셔츠＿＿＿＿＿＿색 있어요？（Ｔ恤有其他顏色嗎？）

[ti.syeo.cheu/ da.reun.saek/ iss.e.yo]

2. 회색으로＿＿＿＿＿＿＿주세요．（請換灰色）

[hue.saek.e.ro/ ba.kkwo.ju.se.yo]

3. 영수증＿＿＿＿＿＿＿．（請給收據）

[yeong.su.jeung/ ju.se.yo]

4. ＿＿＿＿＿＿＿커요．（太大了）

[neo.mu/ ke.yo]

5. ＿＿＿＿＿＿＿주세요．（請退款）

[hwan.bul.hae/ ju.se.yo]

	5. 환불해（退款）
4. 너무（太）	3. 주세요（請給）
2. 바꿔（換）	1. 다른（其他的）

答案：

請在課文中尋找相似例句，並填上正確答案：

1. Q：이모 , 티셔츠 ＿＿＿＿＿＿＿＿＿＿ 있어요？（阿姨，T恤有其他顏色嗎？）

　　[i.mo/ ti.syeo.cheu/ <u>da.reun.saek</u>/ iss.e.yo]

　　A：네 , 검은색도 있어요 .（是，也有黑色。）

　　[ne/ geom.eun.saek.do/ iss.e.yo]

2. Q：무엇을 사고 싶어요？（想買什麼？）

　　[mu.eot.eul/ sa.go/ sip.eo.yo]

　　A：＿＿＿＿＿＿＿＿하고 ＿＿＿＿＿＿＿＿을 사고 싶어요 .（想買錢包和手袋。）

　　[<u>ji.gap</u>.ha.go /<u>ga.bang</u>.eul/ sa.go/ sip.eo.yo]

3. Q：환불해 주세요 .（請退款。）

　　[hwan.bul.hae/ ju.se.yo]

　　A：네 , ＿＿＿＿＿＿＿＿주세요 .（是，請給收據。）

　　[ne/ <u>yeong.su.jeung</u>/ ju.se.yo]

영수증（收據） [yeong.su.jeung]	가방（手袋） [ga.bang]
지갑（錢包） [ji.gap]	다른색（其他顏色） [da.reun.saek]

答案：

자음 , 모음 , 받침

第七課 購物

쇼핑

1. 子音 Consonants (ㅅ , ㅆ)

ㅅ					
[s]					
ㅆ					
[ss]					

2. 母音 Vowels (ㅙ , ㅞ , ㅚ)

ㅙ					
[wae]					
ㅞ					
[we]					
ㅚ					
[oe]					

3. 子音 Consonants（ㅅ, ㅆ）+ 母音 Vowels（ㅙ, ㅞ, ㅚ）

쇄		쉐		쇠	
[swae]		[swe]		[soe]	
쐐		쒜		쐬	
[sswae]		[sswe]		[ssoe]	

4. 尾音 Final Consonants（ㅁ）

ㅁ					
[-m]					

5. 子音 Consonants（ㅅ, ㅆ）+ 母音 Vowels（ㅙ, ㅞ, ㅚ）+ 尾音 Final Consonants（ㅁ）

쇔		쉠		쇰	
[swaem]		[swem]		[soem]	
쐠		쒬		쐼	
[sswaem]		[sswem]		[ssoem]	

第八課
月曆
달력
[dal.ryeok]

AR

年 (해)

去年	今年	明年
작년 / 지난해	금년 / 올해	내년 / 다음해
[jak.nyeon] /	[geum.nyeon] /	[nae.nyeon] /
[ji.nan.hae]	[ol.hae]	[da.eum.hae]

月 (달)

上個月	這個月	下個月
지난달	이번달	다음달
[ji.nan.dal]	[i.beon.dal]	[da.eum.dal]

周 (주)

上周	這周	下周
지난주	이번주	다음주
[si.nan.ju]	[i.beon.ju]	[da.eum.ju]

日 (날)

前天	昨天	今天	明天	後天
그제	**어제**	**오늘**	**내일**	**모레**
[geu.je]	[eo.je]	[o.neul]	[nae.il]	[mo.re]

時間 (때)

早上	正午	下午	晚上	夜晚	凌晨
아침	**점심**	**오후**	**저녁**	**밤**	**새벽**
[a.chim]	[jeom.sim]	[o.hu]	[jeo.nyeok]	[bam]	[sae.byeok]

季節 (계절)

春天	夏天	秋天	冬天
봄	**여름**	**가을**	**겨울**
[bom]	[yeo.reum]	[ga.eul]	[gyeo.ul]

月曆②

星期

AR

Q 今天是星期幾？
오늘이 무슨 요일이에요?
[o.neul.i/ mu.seun/ yo.il.i.e.yo]

A 今天是星期一①。
오늘은 월요일이에요 .
[o.neul.eun/ wol.yo.il.i.e.yo]

替換詞彙①：星期 요일 [yo.il]

月曜日（星期一）　월요일　　[wol.yo.il]

火曜日（星期二）　화요일　　[hwa.yo.il]

水曜日（星期三）　수요일　　[su.yo.il]

木曜日（星期四）　목요일　　[mok.yo.il]

金曜日（星期五）　금요일　　[geum.yo.il]

韓語 12 小時實戰攻略

土曜日（星期六） 　토요일 　　[to.yo.il]

日曜日（星期日） 　일요일 　　[il.yo.il]

語法分析：

> **오늘이 무슨 요일이에요？**
>
> **무슨 [mu.seun]**
> 「무슨」是「什麼」的意思。
> 韓文中，不會用「星期」來表示，而是和日本一樣用「曜日」。所以，韓國人不會問今天是「星期幾」（數字），而是問今天是「什麼曜日」（五行）。
>
> **요일 [yo.il]**
> 直譯為「曜日」。韓文中，一星期的順序是：月（월）、火（화）、水（수）、木（목）、金（금）、土（토）、日（일）。

Q 今天①是幾月幾日？

오늘이 몇 월 며칠이에요?

[o.neul.i/ myeot/ wol/ myeo.chil.i.e.yo]

A 今天是 12 月② 25 日③。

오늘은 12 월 25 일 이에요 .

[o.neul.eun/ sip.yi.wol/ yi.sip.o.il/ i.e.yo]

語法分析：

> **오늘이 몇 월 며칠이에요?**

몇 [myeo]、며칠 [myeo.chil]

「몇」是「幾」的意思，所以問「幾月」時要用「몇월」，而問「幾日」時雖然要用「몇일」。但依據韓國國語院規定，書寫上應用「며칠」（與「몇日」同樣是「幾日」的意思），兩者的發音（讀法）其實都一樣。

替換詞彙①：日子

前天	그저께	[geu.jeo.kke]
昨天	어제	[eo.je]
今天	오늘	[o.neul]
明天	내일	[nae.il]
後天	모레	[mo.rae]

替換詞彙②：月份

1 月	2 月	3 月	4 月
1 월 [il.wol]	**2 월** [i.wol]	**3 월** [sam.wol]	**4 월** [sa.wol]
5 月	6 月	7 月	8 月
5 월 [o.wol]	**6 월** [yu.wol]	**7 월** [chil.wol]	**8 월** [pal.wol]
9 月	10 月	11 月	12 月
9 월 [gu.wol]	**10 월** [si.wol]	**11 월** [sip.il.wol]	**12 월** [sip.i.wol]

替換詞彙③：日期

				1 日	2 日	3 日
				1 일 [il.il]	**2 일** [i.il]	**3 일** [sam.il]
4 日	5 日	6 日	7 日	8 日	9 日	10 日
4 일 [sa.il]	**5 일** [o.il]	**6 일** [yuk.il]	**7 일** [chil.il]	**8 일** [pal.il]	**9 일** [gu.il]	**10 일** [sip.il]
11 日	12 日	13 日	14 日	15 日	16 日	17 日
11 일 [sip.il.il]	**12 일** [sip.i.il]	**13 일** [sip.sam.il]	**14 일** [sip.sa.il]	**15 일** [sip.o.il]	**16 일** [sip.yuk.il]	**17 일** [sip.chil.il]
18 日	19 日	20 日	21 日	22 日	23 日	24 日
18 일 [sip.pal.il]	**19 일** [sip.gu.il]	**20 일** [i.sip.il]	**21 일** [i.sip.il.il]	**22 일** [i.sip.i.il]	**23 일** [i.sip.sam.il]	**24 일** [i.sip.sa.il]
25 日	26 日	27 日	28 日	29 日	30 日	31 日
25 일 [i.sip.o.il]	**26 일** [i.sip.yuk.il]	**27 일** [i.sip.chil.il]	**28 일** [i.sip.pal.il]	**29 일** [i.sip.gu.il]	**30 일** [sam.sip.il]	**31 일** [sam.sip.il.il]

課後練習

課後練習❶ 連線配對

請在課文中尋找詞組，並與相應的句子連線配對。

무슨 • • 요일이에요 ？

몇 월 • • 5 일이에요 .

오늘은 2 월 • • 수요일이에요 .

월요일에 • • 한국 가요 ？

19 일은 • • 며칠이에요 ？

	[sip.gu.il.eun/ su.yo.il.i.e.yo] 19 일은 수요일이에요 . 19 日是星期三。
[wol.yo.il.e/ han.guk.ga.yo] 월요일에 한국 가요 ？ 星期一去韓國嗎？	[o.neul.eun/ i.wol/ o.il.i.e.yo] 오늘은 2 월 5 일이에요 . 今天是 2 月 5 日。
[myeot/ wol/ myeo.chil.i.e.yo] 몇 월 며칠이에요 ？ 是幾月幾日？	[mu.seun/ yo.il.i.e.yo] 무슨 요일이에요 ？ 是星期幾？

答案 ：

請在課文中尋找詞彙，並填寫於空格中。

1. _____ ···▸ 오늘 ··· 내일
   [eo.je]　　　　　[o.neul]　　　[nae.il]

2. 지난해 ···▸ _____ ···▸ 다음해
   [ji.nan.hae]　　　[ol.hae]　　　　　[da.eum.hae]

3. 지난주 ··· 이번주 ···▸ _____
   [ji.nan.ju]　　　[i.ben.ju]　　　　[da.eum.ju]

4. _____ ···▸ 여름 ···▸ _____ ···▸ 겨울
   [bom]　　　　　　[yeo.reum]　　[ga.eul]　　　　[gyeo.ul]

5. 월요일 ···▸ _____ ···▸ 수요일 ···▸ _____
   [wol.yo.il]　　　[hwa.yo.il]　　[su.yo.il]　　　　[mok.yo.il]

	5. 월요일 / 화요일（星期一 / 星期二）（星期四）
4. 봄 / 가을（春天 / 秋天）	3. 다음주（下星期）
2. 올해（今年）	1. 어제（昨天）

答案：

請在課文中尋找相似例句，並填上正確答案：

1. Q：_____ 뭐 했어요？（昨天做什麼了？）

   [eo.je/ mwo/ haet.eo.yo]

   A：어제 숙제를 했어요.（昨天寫作業了。）

   [eo.je/ suk.je.reul/ haet.eo.yo]

2. Q：이번 주_____ 뭐 해요？（這個周末做什麼？）

   [i.beon/ ju.e/ mwo/ hae.yo]

   A：영화를 볼 거예요.（要看電影。）

   [yeong.hwa.rul/ bol/ geo.ye.yo]

3. Q：오늘이_____ _____ _____이에요？（今天是幾月幾日？）

   [o.neul.i/ myeot/ wol/ myeo.chil.i.e.yo]

   A：오늘은 12 월 25 일이에요.（今天是 12 月 25 日。）

   [o.neul.eun/ sip.i.wol/ i.sip.o.il.i.ye.yo]

		幾月幾日（幾月幾日） [myeot/ wol/ myeo.chil]
	에〔助詞〕 [e]	어제（昨天） [eo.je]

答案：

자음 , 모음 , 받침

1. 子音 Consonants (ㄴ , ㄹ)

ㄴ [n]						
ㄹ [l]						

2. 母音 Vowels (ㅏ , ㅓ , ㅛ , ㅠ)

ㅏ [a]						
ㅓ [eo]						
ㅛ [yo]						
ㅠ [yu]						

3. 子音 Consonants（ㄴ, ㄹ）+ 母音 Vowels（ㅏ, ㅓ, ㅛ, ㅠ）

나 [na]				너 [neo]			
뇨 [nyo]				뉴 [nyu]			
라 [la]				러 [leo]			
료 [lyo]				류 [lyu]			

4. 尾音 Final Consonants（ㄹ）

ㄹ [-l]						

5. 子音 Consonants（ㄴ, ㄹ）+ 母音 Vowels（ㅏ, ㅓ, ㅛ, ㅠ）+ 尾音 Final Consonants（ㄹ）

날 [nal]			널 [neol]		
뇰 [nyol]			뉼 [nyul]		
랄 [lal]			럴 [leol]		
룔 [lyol]			률 [lyul]		

第九課

聚 餐
회 식

[h o e . s i k]

【 實 用 語 句 】

· 食事

· 酒道

· 乾杯

【 課 後 練 習 】

· 連線配對

· 填充

· 對話

Q 吃飯①了嗎？
식사하셨어요？
[sik.sa.ha.syeot.eo.yo]

A 我吃飯了。
저는 **밥**을 먹었습니다.
[jeo.neun/ bap.eul/ meok.eot.seup.ni.da]

替換詞彙①：用餐時間

早餐	아침	[a.chim]
午餐	점심	[jeom.sim]
晚餐	저녁	[jeo.nyeok]
Brunch	브런치	[beu.leon.chi]

註：「아침、점심、저녁」是早上、中午、下午的意思，但也可以用來解釋為早餐、午餐、晚餐。而「브런치」是外來語「Brunch」，意謂早餐與午餐之間的「早午餐」。

語法分析：

식사하셨어요？	저는 밥을 먹었습니다.
식사 [sik.sa] 「식사」正解為「食事」，對長輩或需要禮貌性詢問時，就要用「식사」。	**밥 [bap]** 「밥」直譯為「飯」，當別人詢問時，可以直接用這個詞「밥」來回應，不用再説「식사」了。

小知識❶ 韓國餐桌禮儀

韓國主要以米飯為主食，基本再配湯和泡菜，另外再配生菜、熟菜、烤類、燉類、蒸類、煎類、生魚片或醃漬物等。

菜品上桌位置也有準則。以食用者為準，最前面的左邊是米飯，右邊是湯；而湯匙和筷子則放在右邊，因為在傳統上，韓國人習慣使用右手進食。

小知識❷ 外賣文化

外賣文化在韓國非常發達，炸醬麵、紫菜飯卷、薄餅、生魚片、豬手、漢堡等，基本上沒有什麼菜品是不提供外賣的，而且可以送達的地方包括路邊、公園、澡堂及海灘等戶外地方。

韓國自稱為「倍達」（배달）民族（指融合多種民族特性的韓國故有名詞），而「外賣」韓稱「配達」（배달），與「倍達」二字同音同字，所以常常有混用的情況。

酒道

AR

> Q 喜歡喝酒嗎？
> **1** 술 좋아해요?
> [sul/ jot.a.hae.yo]

> Q 喜歡什麼酒？
> **2** 무슨 술 좋아해요?
> [mu.seun/ sul/ joh.a.hae.yo]

語法分析：

술 좋아해요?

좋아해요 [jot.a.hae.yo]

「喜歡」的韓文是「좋아하다」[jot.a.hae.da]，當使用疑問句時，就要改為「좋아해요？」

另外，依照不同語氣，同樣讀法也可有不同感覺：

좋아해요？ [jot.a.hae.yo] （喜歡嗎？）

좋아해요！ [jot.a.hae.yo] （很喜歡！）

小知識❶ 酒道

韓國人十分重視長幼尊卑，所以喝酒也有嚴格的禮儀文化，稱之為「주도」[ju.do]（酒道）。

假如長輩或前輩主動斟酒，後輩必須用雙手握住酒杯，左手托底，右手握杯，並稍微低頭鞠躬，以表謝意。當喝第一杯酒時，後輩必須與長輩或前輩稍為遠離，用手掩住嘴和杯子，而且必須一次喝完，稱之為「첫잔은 원샷」。當喝完這一杯，後輩要反過來為長輩或前輩斟酒，這才正式開始酒桌聚餐。

小知識❷ 韓國的續攤文化

韓國的工作壓力很大，所以娛樂或聚餐活動對韓國人來說十分重要，下班後常會約朋友吃飯喝酒吐苦水，而韓國很多餐廳和娛樂場所都是 24 小時營業的。最讓外國人驚訝的，是韓國人的聚餐活動不只一攤（餐），而是可以多達四、五攤！

續攤文化在韓國是非常普遍。「攤」的韓文為「차」[cha]，統稱為 1 차、2 차、3 차、4 차…。「1 차」通常是先填飽肚子的晚餐，然後緊接「2 차」是喝酒，「3 차」是喝酒、打保齡球、唱歌等，一攤接一攤，從晚餐時間到隔天凌晨或早上；千杯不醉的韓國人最後一攤會喝碗解酒湯，然後直接去上班。

聚餐③ 乾杯

AR

> **Q** 請給一瓶燒酒① !
> **소주 한 병 주세요 !**
> [so.ju/ han/ byeong/ ju.se.yo]
>
> **A** 乾杯 !
> **원샷 !**
> [won.syat]

替換詞彙① : 酒品

燒酒	소주	[so.ju]
啤酒	맥주	[maek.ju]
燒啤	소맥	[so.maek]
水果燒酒	과일소주	[gwa.il.so.ju]

| 馬格利酒
（米酒） | 막걸리 | [mak.geol.ri] |
| 苦盡甘來酒 | 고진감래주 | [go.jin.gam.rae.ju] |

語法分析：

원샷！

원샷 [won.syat]

來自英語「One Shot」的外來語，意謂「全杯酒一次過喝完」。除此之外，亦有幾個韓國人最常用的乾杯詞：

위하여！[wi.ha.yeo]

直譯是「為了」；至於為了「什麼」，通常也不會特別說出來，自己意會即可。

짠！[jjan]

直譯是擬聲詞中的「噹！」，發出碰杯時發出的聲音，是屬於較可愛的碰杯詞，所以一般女性才會用這個詞，不適合男性使用，也不適合正式的場合使用。

所謂的炸彈酒폭탄주 [pok.tan.ju]，即混合兩種或兩種以上不同酒類的「韓國式雞尾酒」。

最常見的混合酒是「소맥」（燒啤），即燒酒加啤酒，其口味帶著啤酒的豪爽和燒酒的酒精感；混入的燒酒含量不同，也會有不同的口感和滋味。調酒師對燒啤的口味影響極大，要成為一流的燒啤調酒師，甚至有考「燒啤資格證」（是酒黨之間虛構的證件，實無此物），而且也不容易。

另外以「燒酒：啤酒」的不同比例，衍生出不同的意思：

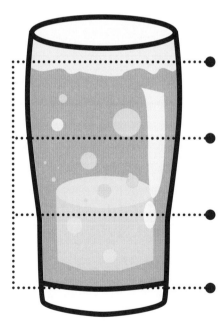

2:8

到這裡我可以守護你，再多點就不能斷言

3:7

你能嚐到燒啤的精髓，請隨時記得口訣「燒三啤七」

4:6

比任何人都快醉，而且與眾不同的是，發現自己能用四肢走路（來形容喝得爛醉的人像動物一樣走路）

5:5

今天是天堂，明天是地獄

課後練習

課後練習❶ 連線配對

請在課文中尋找詞組，並與相應的句子連線配對。

무슨 술   ●   ●   좋아해요 ?

식사   ●   ●   하셨어요 ?

막걸리   ●   ●   먹었습니다 .

맥주 한   ●   ●   좋아해요 .

저는 아침을   ●   ●   병 주세요 .

	[jeo.neun/ a.chim.ul/ meok.eot.seup.ni.da] 저는 아침을 먹었습니다 . 我吃了早餐。
[maek.ju/ han/ byeong/ ju.se.yo] 맥주 한 병 주세요 . 給我一瓶啤酒。	[mak.geol.ri/ jo.a.he.yo] 막걸리 좋아해요 . 我喜歡喝馬格利米酒。
[sik.sa/ ha.syeot.eo.yo] 식사 하셨어요 ? 吃飯了嗎？	[mu.seun/ sul/ jo.a.he.yo] 무슨 술 좋아해요 ? 喜歡喝什麼酒？

答案 :

請在課文中尋找詞彙，並填寫於空格中。

1. _____ 하셨어요？（吃飯了嗎？）

[sik.sa/ ha.syeot.eo.yo]

2. 저는 밥을 _____.（我吃飯了）

[jeo.neun/ bap.ul/ meok.eot.seup.ni.da]

3. 소주 한 _____ 주세요.（請給一瓶燒酒）

[so.ju/ han/ byeong/ ju.se.yo]

4. 소주 _____?（喜歡燒酒嗎？）

[so.ju/ joh.a. he.yo]

5. 소주 _____.（不喜歡燒酒）

[so.ju/ an.joh.a.he.yo]

	5. 안 좋아해요（不喜歡）
4. 좋아해요（喜歡）	3. 병（瓶）
2. 먹었습니다（吃了）	1. 식사（飯）

答案：

課後練習❸對話

請在課文中尋找相似例句，並填上正確答案：

1. Q：무슨 술을 마시고 싶어요？（想喝什麼酒？）

   [mu.seun/ sul.eul/ ma.si.go/ sip.eo.yo]

   A：＿＿＿＿＿＿＿＿ 마시고 싶어요．（想喝啤酒。）

   [maek.ju/ ma.si.go/ sip.eo.yo]

2. Q：＿＿＿＿＿＿＿＿ 드셨어요？（吃了午餐嗎？）

   [jeom.sim/ deu.syeoss.e.yo]

   A：네, 먹었습니다．（是，吃了。）

   [ne/ jeom.sim.ul/ meok.eot.seup.ni.da]

3. Q：무슨 ＿＿＿＿＿＿＿＿를 먹고 싶어요？（想吃什麼下酒菜？）

   [mu.seun/ an.ju.rul/ meok.go/ sip.eo.yo]

   A：저는 ＿＿＿＿＿＿＿＿를 먹고 싶어요．（我想吃韓式炸雞。）

   [jeo.neun/ yang.nyeom.chi.kin.rul/ meok.go/ sip.eo.yo]

양념치킨（韓式炸雞）[yang.nyeom.chi.kin]	안주（下酒菜）[an.ju]
점심（午餐）[jeom.sim]	맥주（啤酒）[maek.ju]

答案：

第十課

情感表達
감정표현

[gam.jeong.pyo.hyeon]

【實用語句】

- 高興
- 生氣
- 傷心
- 受驚、煩躁

【課後練習】

- 連線配對
- 填充
- 對話

【練字表】

미

高興

高興

즐거워요 .
[jeul.geo.wo.yo]

最常用來表達好心情的韓語，也有「有趣、輕鬆、愉快」的意思。

氣氛好

기분이 좋아요 .
[gi.bun.i/ jo.a.yo]

「기분」是「氣氛」，「좋아요」是「好」。如果想說「氣氛真的不好」，可以用「안좋아요」（不好）來表達，也可以說「기분 나빠요」[gi.bun/ na.ppa.yo]（氣氛差）。

幸福

행복해요 .
[haeng.bok.hae.yo]

「행복」是「幸福」的意思，而「不幸」則會說「불행해요」[bul.haeng.hae.yo]。

生氣

氣憤

> **화났어요 .**
> [hwa.nat.eo.yo]

「화」是指「火」、「났어요」是「生出」，組合起來即是「從火而來」、生氣到頭頂冒煙的意思，屬於否定型詞語。

生氣了

> **삐졌어요 .**
> [ppi.jyeot.eo.yo]

雖然同為「生氣」的意思，而在意義上與上句「화났어요」不同。「화났어요」屬於比較正式的說法；而這句「삐졌어요」帶點可愛、撒嬌的意味，多用於比較親近的關係。

（事不順）胸快氣炸了

> **가슴 터지겠어요 .**
> [ga.seum/ teo.ji.gess.eo.yo]

「터지다」是「爆炸」的意思，「가슴」指胸部，組合起來有「太生氣」的意思。「터지다」也可與其他身體部位組合成新的意思，例如：
머리 터지겠어 [meo.li/ teo.ji.get.eo.yo]（事太多頭快爆了）
배가 터지겠어요 [bae.ga/ teo.ji.get.eo.yo]（吃太多肚子快爆了）

傷心

悲哀

슬퍼요…
[seul.peo.yo]

比較正式的用法，有「難過、遺憾、傷心」的意思。例如，因為要減肥，所以晚上不能吃拉麵了，韓國人就會說：「슬퍼요…」，來為自己感嘆一下。

想哭

울고 싶어요 .
[ul.go/ sip.eo.yo]

「울 (다)」指「哭」；當在動詞後加上原形「고 싶다」，即表示「想要」做出某動作。例如：
먹고 싶 (다) 어요 [meok.go/ sip.eo.yo]（想吃）
보고 싶 (다) 어요 [bo.go/ sip.eo.yo]（想看）

鬱悶

우울해요 .
[u.ul.hae.yo]

「우울」是「憂鬱」的意思，其相反詞可用「불행해요」[bul.haeng.hae.yo]。

受驚、
煩躁

驚嚇

깜짝이야 !
[kkam.jjak.i.ya]

當韓國人被嚇到時使用的感嘆詞，是比較正式的説法。

吃驚

헐 !
[heol]

是韓國當下的流行語，尤其是年輕人在短訊中常常使用，用來表達對某件事很吃驚。

麻煩

귀찮아요 .
[gwi.chant.a.yo]

原形為「귀찮다」，直譯是「不想囉唆」。這單字的語感比較接近怕麻煩，懶得去理、懶得去想、懶得去做。

煩躁

짜증나요 !
[jja.jeung.na.yo]

原形為「짜증 (이) 나다」，有「不高興、很不耐煩、感到很討厭」的語感，含有令人煩躁的意思。

課後練習 ❶ 連線配對

請在課文中尋找詞組，並與相應的句子連線配對。

월요일이　　●　　　　　　●　　이 행복해요 .

울고　　　　●　　　　　　●　　어때요 ?

가슴이　　　●　　　　　　●　　싫어요 .

토요일　　　●　　　　　　●　　우울해요 .

기분이　　　●　　　　　　●　　터지겠어요 .

	기분이 어때요 ? 您的心情怎麼樣？ [gi.bun.i/ eo.ttae.yo]
토요일이 행복해요 . 週六很幸福。 [to.yo.il.i/ haeng.bok.hae.yo]	가슴이 타지겠어요 . 胸口快炸了。 [ga.seum.i/ teo.ji.gess.eo.yo]
울고 싶어요 . 我想哭。 [ul.go/ sip.e.yo]	월요일이 우울해요 . 週一很憂鬱。 [wol.yo.il.i/ u.ul.hae.yo]

答案 :

請在課文中尋找詞彙，並填寫於空格中。

1. So happy（快樂）

···▶ _____

[haeng.bok.hae.yo]

2. So angry（生氣）

···▶ _____

[hwa.nat.eo.yo]

3. Want to cry（想哭）

···▶ _____

[ul.go/ sip.eo.yo]

4. So annoying（煩躁）

···▶ _____

[jja.jeung.na.yo]

5. So troublesome（麻煩）···▶ _____

[gwi.chant.a.yo]

	5. 귀찮아요（麻煩）
4. 짜증나요（煩躁）	3. 울고 싶어요（想哭）
2. 화났어요（生氣）	1. 행복해요（快樂）

答案：

課後練習**3**對話

請在課文中尋找相似例句，並填上正確答案：

1. Q：_____ 어때요？（氣氛怎麼樣？）

   [gi.bun.i/ eo.ttae.yo]

   A：아주 _____.（很好。）

   [a.ju/ joh.a.yo]

2. Q：왜 _____？（為什麼生氣了？）

   [wae/ ppi.jyeot.eo.yo]

   A：친구가 욕 했어요.（朋友罵我了。）

   [chin.gu.ga/ yok/ haet.eo.yo]

3. Q：왜 _____？（為什麼哭？）

   [wae/ ul.eo.yo]

   A：너무 아파요.（頭太疼了。）

   [neo.mu/ a.pa.yo]

울어요（哭） [ul.eo.yo]	삐졌어요（生氣） [ppi.jyeot.eo.yo]
좋아요（好） [jo.ha.yo]	기분이（氣氛） [gi.bun.i]

答案：

1. 子音 Consonants（ㅁ , ㅇ）

 ㅁ [m]					
 ㅇ [no sound]					

2. 母音 Vowels（ㅡ , ㅣ , ㅢ）

 ㅡ [eu]					
 ㅣ [i]					
 ㅢ [ui]					

3. 子音 Consonants（ㅁ, ㅇ）＋ 母音 Vowels（ㅡ, ㅣ, ㅢ）

므		미		믜	
[meu]		[mi]		[mui]	
으		이		의	
[eu]		[i]		[ui]	

4. 尾音 Final Consonants（ㅇ）

ㅇ					
[-ng]					

5. 子音 Consonants（ㅁ, ㅇ）＋ 母音 Vowels（ㅡ, ㅣ, ㅢ）＋
尾音 Final Consonants（ㅇ）

믕		밍		믱	
[meung]		[ming]		[muing]	
응		잉		읭	
[eung]		[ing]		[uing]	

第⑪①課

節 日
기 념 일
[g i . n y e o m . i l]

【實用語句】

· 節日語

【課後練習】

· 連線配對

· 填充

· 對話

【練字表】

春節
설날
[seol.nal]

農曆 1 月 1 日

節日語

新年快樂！

새해 복 많이 받으세요 !

[sae.hae/ bok/ mant.i/ bat.eu.se.yo]

春節，是韓國兩大傳統節日之一。祝賀詞直譯為「新年請得到很多福」，相當於中國祝賀詞的「恭喜發財」。這一天，晚輩都會穿上韓服向長輩拜年，長輩要給拜年的晚輩壓歲錢。

情人節
발렌타인 데이
[bal.ren.ta.in/ de.i] (Valentine Day)

西曆 2 月 14 日

節日語

給我朱古力吧。

초콜릿 주세요 .

[cho.kol.rit/ ju.se.yo]

向對方索取朱古力時使用，句中「요」有要求的語氣。

AR

五花肉節
삼겹살 데이
[sam.gyeop.sal/ de.i]

西曆 3 月 3 日

節日語

一起吃五花肉吧。
같이 삼겹살 먹어요 .
[gat.i/ sam.gyeop.sal/ meok.eo.yo]

五花肉韓稱「三層肉」，所以選這天為五花肉節。「같이」是「一起」的意思。在五花肉節可以說這句話來邀請別人聚餐。

白色情人節
화이트 데이
[hwa.i.teu/ de.i] (White Day)

西曆 3 月 14 日

節日語

給我一份禮物。
선물 주세요 .
[seon.mul/ ju.se.yo]

本來是由男方送糖果給女方來表白，但現在很多人都以其他禮物代替糖果。

黑色情人節
블랙 데이
[beul.rek/ de.i] (Black Day)

西曆 4 月 14 日

父母親節
어버이날
[eo.beo.i.nal]

西曆 5 月 8 日

節日語

去吃炸醬麵。

짜장면 먹어요 .

[jja.jang.myeon/ meog.
eo.yo]

除了西方情人節和白色情人節，韓國還有為單身人士而設的「黑色情人節」。沒收到朱古力或回禮時，單身人士們為了安慰一下自己，便會去中餐館吃黑色的炸醬麵；也正因為這天有很多單身人士在中餐館吃炸醬麵，也算是給自己多一個機會認識異性。不過一般成功率不高。

節日語

爸爸媽媽我愛你們。

부모님 사랑합니다 .

[bu.mo.nim/ sa.rang.hap.
ni.da]

「부모님」是母親「어버이」與父親「아버지」的合稱，也就是「父母親」的意思。韓國的母親節與父親節同為一天，紀念父母對孩子的愛。在這天，孩子們會在胸襟掛上一朵康乃馨，掛紅花者表示其母親還在世，掛白花者表示其母親已不在人世。

玫瑰節
로즈 데이

[ro.jeu/ de.i]

西曆 5 月 14 日

教師節
스승의 날

[seu.seung.ui.nal]

西曆 5 月 15 日

節日語

給我一朵玫瑰。

장미 줘요 .

[jang.mi/ jwo.yo]

5 月 14 日是韓國的玫瑰情人節，各地都會舉辦的慶典活動。

節日語

謝謝老師！

선생님 , 감사합니다 !

[seon.saeng.nim/ gam.sa.hap.ni.da]

「님」是為尊稱。這天是韓文始創人世宗大王的誕辰日，韓文中「스승」（師承）二字，意謂著包括人生的教育者，與學文的教育者「老師」有一點分別。

顯忠日
현충일
[hyeon.chung.il]

西曆 6 月 6 日

節日語

忠誠！
충성！
[chung.seong]

6 月 6 日是大韓民國悼念戰死者的國定紀念日，全國在這一天向陣亡將士獻祭，在首爾國立公墓舉行紀念儀式。

親吻節
키스 데이
[ki.seu/ de.i] (Kiss Day)

西曆 6 月 14 日

節日語

親一下吧。
키스 해요 .
[ki.seu/ hae.yo]

情侶們只是找個藉口親吻罷了。

中秋節
추석
[chu.seok]

陰曆 8 月 15 日 ●

韓字節
한글날
[han.geul.nal]

西曆 10 月 9 日 ●

節日語

中秋節快樂！

즐거운 추석 보내세요 .

[jeul.geo.un/ chu.seok/ bo.nae.se.yo]

中秋節韓稱「秋夕」，是韓國兩大傳統節日之一。這一天，遠在他方的家人都會相聚，用大米做的松片和秋天水果來祭祀祖先。

節日語

我正在學韓語。

한국어를 배워요 .

[han.guk.eo.reul/ bae.wo.yo]

紀念世宗大王為老百姓創造韓字，是正式的公休日。

電影節
무비 데이
[mu.bi/ de.i]

西曆 11 月 14 日 ●

節日語

要看電影嗎？

영화 보실래요？
[yeong.hwa/ bo.sil.rae.yo]

情人們牽手去看電影的日子。據說要選擇愛情片才有意義，不過這個説法也就是要找個籍口親熱一下而已。

課後練習❶ 連線配對

請在課文中尋找詞組，並與相應的句子連線配對。

같이 •   • 감사합니다 !

새해 복 많이 •   • 삼겹살 먹어요 .

선생님 •   • 받으세요 !

초코릿 •   • 배워요 .

한국어를 •   • 주세요 .

	[han.guk.eo.reul/ bae.wo.yo] 한국어를 배워요 . 我正在學韓國語。
[cho.ko.rit/ ju.se.yo] 초코릿 주세요 . 給我巧克力。	[seon.saeng.nim/ gam.sa.hap.ni.da] 선생님 감사합니다 ! 謝謝老師！
[sae.hae/ bok/ man.i/ bat.eu.se.yo] 새해 복 많이 받으세요 ! 新年快樂！	[gat.i/ sam.gyeop.sal/ meok.eo.yo] 같이 삼겹살 먹어요 . 我們一起吃五花肉吧。

答案：

課後練習❷填充

請在課文中尋找詞彙，並填寫於空格中。

1. 새해 복 많이 _____.（新年快樂）

   [sae.hae/ bok/ man.i/ <u>bat.eu.se.yo</u>]

2. 같이 삼겹살 _____.（一起吃五花肉吧）

   [gat.i/ sam.gyeop.sal/ <u>meok.eo.yo</u>]

3. 부모님 , _____.（爸爸媽媽我愛你們）

   [bu.mo.nim/ <u>sa.rana.hap.ni.da</u>]

4. 선생님 , _____.（謝謝老師）

   [seon.saeng.nim/ <u>gam.sa.hap.ni.da</u>]

5. 즐거운 _____ 보내세요 .（中秋節快樂）

   [jeul.geo.un/ <u>chu.seok</u>/ bo.nae.se.yo]

	5. 추석（中秋節）
4. 감사합니다（謝謝）	3. 사랑합니다（愛你）
2. 먹어요（吃）	1. 받으세요（接）

答案：

韓語 12 小時實戰攻略

146

請在課文中尋找相似例句，並填上正確答案：

1. Q：＿＿＿＿＿＿＿ 복 많이 받으세요 .（新年快樂。）

   [sae.hae/ bok/ man.i/ bat.eu.se.yo]

   A：네 , 새해 복 많이 받으세요 .（是，新年快樂。）

   [nae/ sae.hae/ bok/ man.i/ bat.eu.se.yo]

2. Q：같이 ＿＿＿＿＿＿＿ 먹어요 .（一起吃五花肉吧。）

   [gat.i/ sam.gyeop.sal/ meok.eo.yo]

   A：좋아요 , 같이 먹어요 .（好，一起吃吧。）

   [joh.a.yo/ gat.i/ meok.eo.yo]

3. Q：오늘은 발렌타인 데이예요 .（今天是情人節。）

   [o.nul.eun/ bal.ren ta.in/ de.i.ye.yo]

   A：네 , ＿＿＿＿＿＿＿ 주세요 .（是，給我朱古力吧。）

   [nae/ cho.kol.rit/ ju.se.yo]

		초콜릿（朱古力） [cho.kol.rit]
	삼겹살（五花肉） [sam.gyeop.sal]	새해（新年） [sae.hae]

答案 :

練字表

휘

節日 holiday

자음 , 모음 , 받침

1. 子音 Consonants（ㅎ）

ㅎ [h]						

2. 母音 Vowels（ㅟ）

ㅟ [wi]						

3. 子音 Consonants（ㅎ）+ 母音 Vowels（ㅟ）

휘 [hwi]							

第十二課

家庭
가족

[ga.jok]

【實用語句】

· 家人

· 職業

【課後練習】

· 連線配對

· 填充

· 對話

家人

AR

Ｑ 這位是誰？
이 분은 누구입니까？
[i/ bun.eun/ nu.gu.ip.ni.kka]

Ａ 這位是我的**母親**①。
이 분은 제 어머니입니다 .
[i/ bun.eun/ je/ eo.meo.ni.ip.ni.da]

語法分析：

이 분은 제 어머니입니다 .

분 [bun]
對人的敬語，相當於中文「（這）位」的意思。
如果是朋友關係，就可以用「애」[ae]，例如：
이 애는 친구입니다 [i/ ae.neun/ chin.gu.ip.ni.da] （這是我的朋友）

替換詞彙①：

父親

아버지
[a.beo.ji]

父親「아버지」和母親「어머니」是較為正式的說法，向別人介紹自己的父母親時使用。

母親

어머니
[eo.meo.ni]

但在家中，會稱爸爸為「아빠」[a.bba]，稱媽媽為「엄마」[eom.ma]，語氣上更親切。

兒子

아들
[a.deul]

兒子、女兒都可以統稱為「자식」[ja.sik]，即是「孩子」，這與年齡無關。所以，也有人稱自己的兒子為「아들자식」，或女兒為「딸자식」。

女兒

딸
[ttal]

哥哥（男稱）

형
[hyeong]

姐姐（男稱）

누나
[nu.na]

哥哥（女稱）

오빠
[o.ppa]

姐姐（女稱）

언니
[eon.ni]

除了家人，關係像家人般親密的朋友都會稱兄道弟。但兄弟姊妹的稱呼比較複雜，因為有分男稱及女稱。

如果是弟弟，會稱哥哥為「형」；
如果是妹妹，會稱哥哥為「오빠」；
如果是弟弟，會稱姐姐為「누나」；
如果是妹妹，會稱姐姐為「언니」。

弟弟

남동생
[nam.dong.saeng]

妹妹

不管是哥哥或姐姐,都叫弟弟為
「남동생」,妹妹為「여동생」。

여동생
[yeo.dong.saeng]

小知識 阿珠媽髮型

在韓劇中,不難發現媽媽們的髮型都差
不多,都燙成卷卷的,我們稱之為「阿
珠媽髮型」。這是因為在韓國,主要是
男人在外工作賺錢,而女人在家做家務,
其中也包括掌握經濟大權。媽媽們為了
照顧丈夫和孩子們,投放在自己身上的
時間和金錢就相對疏忽了;這個卷髮的
最大特徵是容易打理、省時間,而且燙
髮費用並不昂貴。

爺爺
할아버지
[hal.a.beo.ji]

奶奶
할머니
[hal.meo.ni]

伯父
큰아빠
[keun.a.ppa]

伯母
큰엄마
[keun.eom.ma]

姑夫
고모부
[go.mo.bu]

姑姑
고모
[go.mo]

爸爸
아빠
[a.ba]

哥哥
오빠 / 형
[o.ppa] / [hyeong]

姐姐
언니 / 누나
[eon.ni] / [nu.na]

我
나
[na]

爺爺	奶奶	外公	外婆
할아버지	**할머니**	**외할아버지**	**외할머니**
[hal.a.beo.ji]	[hal.meo.ni]	[oe.hal.a.beo.ji]	[oe.hal.meo.ni]
伯父	伯母	姑夫	姑姑
큰아빠	**큰엄마**	**고모부**	**고모**
[keun.a.ppa]	[keun.eom.ma]	[go.mo.bu]	[go.mo]
爸爸	媽媽	姨夫	阿姨
아빠	**엄마**	**이모부**	**이모**
[a.ba]	[eom.ma]	[yi.mo.bu]	[yi.mo]

外公
외할아버지
[oe.hal.a.beo.ji]

外婆
외할머니
[oe.hal.meo.ni]

媽媽
엄마
[eom.ma]

姨夫
이모부
[yi.mo.bu]

阿姨
이모
[yi.mo]

舅舅
외삼촌
[oe.sam.chon]

舅媽
외숙모
[oe.suk.mo]

弟弟
남동생
[nam.dong.saeng]

妹妹
여동생
[yeo.dong.saeng]

舅舅	舅媽	哥哥	哥哥
외삼촌	**외숙모**	**오빠**	**형**
[oe.sam.chon]	[oe.suk.mo]	[o.ppa]	[hyeong]
姐姐	姐姐	我	弟弟
언니	**누나**	**나**	**남동생**
[eon.ni]	[nu.na]	[na]	[nam.dong.saeng]
妹妹			
여동생			
[yeo.dong.saeng]			

Q 你有職業（工作）嗎？

직업이 있습니까?

[jik.eop.i/ it.seup.ni.kka]

A 我是老師① 。

선생님입니다 .

[seon.saeng.nim.ip.ni.da]

替換詞彙①：

老師	선생님	[seon.saeng.nim]
學生	학생	[hak.saeng]
醫生	의사	[ui.sa]
律師	변호사	[byeon.ho.sa]
歌手	가수	[ga.su]

藝人	연예인	[yeon.ye.in]
公務員	공무원	[gong.mu.won]
白領族	회사원	[hoe.sa.won]

小知識 韓國的治安水平

韓文中有個名詞叫「民敗」，勉強可以解釋為「給人民造成傷害的敗類」，主要指路上邊走邊吸煙的人，但現在這種人已不多了（雖然大部分地區是合法的），他們怕遭人白眼。

輕微如「民敗」也很少見，更何況是罪案呢？韓國的治安水平是世界之最，以某個去韓國旅遊的外國人所説：「深夜以大醉的狀態仍能安全回家的地方只有韓國」。實際上，韓國治安良好（主要是夜晚），是因為夜生活十分發達，而且民族性較和順，可以説是天生的治安強國。在某個「最安全的國家」調查中，以全球 128 個國家作比較，韓國位居第二，而第一名是地中海島國——馬耳他。

課後練習

請在課文中尋找詞組，並與相應的句子連線配對。

어머니　　●　　　　　　●　있습니까 ？

직업이　　●　　　　　　●　아버지입니다 .

이 분은　　●　　　　　　●　누구입니까 ？

저 분은 제　●　　　　　●　가수입니다 .

아들은　　●　　　　　　●　입니다 .

	[a.deul.eun/ ga.su.ni.da] 아들은 가수입니다 . 兒子是歌手。
[jeo/ bun.eun/ je/ a.beo.ji.ip.ni.da] 저 분은 제 아버지입니다 . 那位是我父親。	[i/ bun.eun/ nu.gu.ip.ni.ga] 이 분은 누구입니까 ? 這位是誰？
[jik.eop.ni/ it.seup.ni.ga] 직업이 있습니까 ? 有職業嗎？	[eo.meo.ni/ ip.ni.da] 어머니 입니다 . 是母親。

答案：

課後練習 ② 填充

請在課文中尋找詞彙,並填寫於空格中。

1. Father(爸爸)   ⋯▶_____
[a.beo.ji]

2. Mother(媽媽)   ⋯▶_____
[eo.meo.ni]

3. Elder sister(姐姐) ⋯▶_____ /_____
[eon.ni/ nu.na]

4. Elder brother(哥哥) ⋯▶_____ /_____
[o.bba/ hyeong]

5. Younger sister(妹妹) ⋯▶_____
[yeo.dong.saeng]

	5. 여동생(妹妹)
4. 오빠 / 형(哥哥)	3. 언니 / 누나(姐姐)
2. 어머니(媽媽)	1. 아버지(爸爸)

答案:

課後練習 ❸ 對話

請在課文中尋找相似例句，並填上正確答案：

1. Q：＿＿＿＿＿＿＿＿＿ 있어요？（你有弟弟嗎？）

　　 [<u>nam.dong.saeng</u>/ it.eo.yo]

　 A：없어요 . 저는 ＿＿＿＿＿＿＿＿이 있어요 .（沒有，我有妹妹。）

　　 [eobs.eo.yo/ jeo.neun/ <u>yeo.dong.saeng</u>.i/ it.eo.yo]

2. Q：형이 있이요？（你有哥哥嗎？）

　　 [hyeong.i/ it.eo.yo]

　 A：＿＿＿＿＿＿＿＿，형이 없어요 .（不，我沒有哥哥。）

　　 [<u>a.ni.o</u>/ hyeong.i/ eobs.eo.yo]

3. Q：이 분은 누구입니까？（這位是誰？）

　　 [i/ bu.neun/ nu.gu.ip.ni.kka]

　 A：이 분은 ＿＿＿＿＿＿＿입니다 .（這是我媽媽。）

　　 [i/ bu.neun/ <u>eo.meo.ni</u>.ip.ni.da]

Note Pages

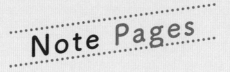

Note Pages

Note Pages

Note Pages

....

....

....

....

....

....

....

....

....

....

....

....

Note Pages

....

....

....

....

....

....

....

....

....

....

Note Pages

韓語12小時
실전공략
實戰攻略

作者
宋芝齡（勝利韓語學校）

責任編輯
Cat Lau

美術設計
Yu Cheung

出版者
萬里機構出版有限公司
香港鰂魚涌英皇道1065號東達中心1305室
電話：2564 7511
傳真：2565 5539
電郵：info@wanlibk.com
網址：http://www.wanlibk.com
　　　http://www.facebook.com/wanlibk

發行者
香港聯合書刊物流有限公司
香港新界大埔汀麗路36號
中華商務印刷大廈3字樓
電話：（852）2150 2100
傳真：（852）2407 3062
電郵：info@suplogistics.com.hk

承印者
中華商務彩色印刷有限公司
香港新界大埔汀麗路36號

出版日期
二零一八年七月第一次印刷